# Pourquoi les coiffeurs ?

Du même auteur :

- *Je hais mon chien*, Folies d'encre 2023 (Éditions Balland, 2003)
- *Une si brève arrière-saison*, Hervé Chopin éditions 2018
- *Deux enfants du demi-siècle*, Hervé Chopin éditions 2017
- *La Bastide endormie*, Presses de la cité 2015
- *Un chien dans la gorge*, JC Lattès 2007
- *N'oublie pas mon petit cadeau*, JC Lattès 2006.

CHARLES NEMES

# Pourquoi les coiffeurs ?

Roman

Éditions
Folies d'encre

# 1

Ainsi, il était juif.

Foutue révélation quand on a dix ans et qu'on s'appelle Christian.

– Tu es plutôt juif, expliquait maman, mais pas tant que ça, assez quand même, enfin pas mal.

Assise sur l'un des lits de la chambre des enfants, elle tentait d'évaluer le degré de judéité irrémédiable de ses fils. L'information avait été assénée à Christian sous forme d'insulte par Yvon, son meilleur camarade de classe, avec lequel il venait de rompre. « Sale juif ! » lui avait-il lancé le matin en cour de récréation. Le motif de leur querelle avait disparu derrière la singularité de l'invective, imprévue, baroque, assurément originale. Pourquoi « sale juif », lorsque « sale con », « couille molle » ou « enculé » aurait fait l'affaire de n'importe quel agresseur en colère ? « Sale », bon, cela faisait partie de l'attirail de base, mais « juif » ? Le fils avait couru interroger sa mère.

Maman luttait maintenant contre le vertige ; toutes ces années de camouflage auraient été vaines : voilà que cela recommençait, les fantômes de cuir noir l'avaient retrouvée. Et pourtant, ils étaient en France, en 1961, les deux garçons servaient la messe tous les dimanches devant des paroissiens peu soupçonneux, et ils ne parlaient même pas hongrois. On avait fait l'impossible pour les protéger : ils étaient français et catholiques – d'origine magyare récente, certes, l'accent des parents était trop prononcé pour contrefaire une immigration plus ancienne.

– Bien, les juifs sont des gens qui pratiquent le judaïsme, la religion juive... commença-t-elle.

– Et Jésus, il l'était, puisque c'était le roi des juifs ? demanda Christian.

– Oui.

– Alors, les juifs, c'est un peuple ?

– Oui et non. Va jouer avec ton frère, il faut que je réfléchisse.

Christian ne se fit pas prier et fila dans la cour de l'immeuble, tant il était impatient de partager la nouvelle.

– Nous sommes juifs, Gábor !

– Qu'est-ce que tu racontes ?

– Nous sommes plutôt juifs, mais pas tant que ça, mais assez quand même. Enfin pas mal. C'est maman qui l'a dit.

Gabriel se faisait appeler Gábor et revendiquait son ascendance magyare avec l'enthousiasme de ses douze ans ; il trouva la judaïté sans intérêt.

– Toi, tu es juif si tu veux. Moi, je reste hongrois.

Le partage identitaire venait de s'accomplir entre les frères, tandis que la mère téléphonait à son mari pour élaborer d'urgence une version édulcorée de leur histoire familiale.

Christian admirait son frère parce qu'il était grand. C'était de lui qu'il avait appris le sens du verbe « enculer », quelques mois auparavant. Cela voulait dire « mettre son zizi dans celui d'une fille pour faire des enfants ». Christian, qui avait gardé ce secret comme un trésor inestimable, avait ri intérieurement lorsque Yvon lui avait un jour affirmé, tenant l'explication de son propre frère aîné, que cela signifiait « mettre son zizi dans le cul d'un pédé ». D'une part, c'était dégoûtant, d'autre part, cela ne servait à rien, et ni Christian ni Yvon ne connaissaient la signification du mot « pédé ». Consulté, Gábor avait expliqué qu'il s'agissait d'hommes qui s'habillent en femmes. Le mystère s'épaississait.

Gábor avait de l'affection pour son frère parce qu'il était plus jeune. Il trouvait en Christian un auditeur à chaque fois fasciné, un compagnon de jeu toujours disponible et un gamin souvent encombrant qui voulait le suivre dans toutes ses incartades.

– On va regarder les quilles faire du vélo, c'est pas de ton âge.

– Alors, dis-moi un secret.

– D'accord, mais un petit.

Gábor avait un sens du négoce dont il ferait un jour un métier. Christian laissait filer son imagination et vivait les foucades de son frère depuis leur chambre, sans y participer. Et les jambes des filles étaient blanches et belles au-delà de la raison, et pédalaient sans fin dans sa tête, nues sous des jupes remontées par le vent des vallons dévalés. La nuit, Gábor annonçait en chuchotant à un Christian admiratif des dizaines de culottes entrevues comme autant de trophées remportés. En ces années, le petit et le grand étaient encore complémentaires.

Le père prit sa place à la table du dîner avec une gravité étudiée. Les frères avaient passé la fin de la journée à jouer dans la cour puis à lire des bandes dessinées. Ils avaient depuis longtemps oublié la question du jour. Aussi, lorsque commença le discours, qui prévoyait bien des méandres pédagogiques avant d'évoquer la déportation des grands-parents, ils furent pris d'un fou rire.

– Notre famille a une longue histoire très compliquée, reprit le père.

Fut-ce à cause de son accent, de sa façon de transformer les é pincés en è ouverts, ou du roulement des r qui donnait à ses phrases des sonorités d'appel à la population ? Les fils pouffèrent de plus belle ; il n'y eut pas de troisième tentative. Au lit sans dîner et sans écouter la radio. Allongés dans le noir, les deux frères gloussaient encore sans savoir pourquoi, étonnés de n'avoir pas reçu les gifles que leur outrage aurait méritées en temps normal, selon ce que la famille appelait l'éducation hongroise. Ils s'en félicitèrent, ne perçurent pas la singularité de l'instant et s'endormirent en parlant de Davy Crockett et de Buffalo Bill.

Dans la salle à manger, un silence inquiet était tombé sur les parents restés à table. Au fond, les gosses étaient devenus ce qu'ils avaient souhaité en faire, leur ignorance demeurait leur meilleure protection.

– Oui, mais maintenant, ils savent, dit en hongrois la mère qui avait entendu penser son mari.

– Ils ne savent rien, puisqu'ils ne comprennent pas. Le problème, c'est que d'autres savent et je me demande comment ils ont deviné.

Leur nom était banal en Hongrie et ne trahissait rien de juif.

– Il y a des gens qui nous cherchent, dit le père.

Ils convinrent d'en rester là et de n'aborder le sujet avec les enfants qu'à la prochaine alerte. Chez les Királyi[1], la question juive n'appellerait plus de réflexions avant longtemps.

Lorsqu'ils ne se disputaient pas l'espace de leur chambre commune, Christian et Gábor jouaient à incarner les héros de leurs journaux illustrés, d'Artagnan contre le Cardinal, Robin des Bois et Frère Tuck contre le chat de la concierge rebaptisé Jean sans Terre, ou Zorro contre le sergent Garcia. La distribution des rôles tournait toujours à l'avantage de l'aîné, le cadet se contentant de figures secondaires survalorisées par son frère pour l'amadouer. Christian fut tour à tour en boudant Aramis, Richard Cœur de Lion et Bernardo. Porté par son chauvinisme familial, Gábor s'était créé un personnage sur mesure, inspiré de la pochette du disque favori de son père, assortiment de mélopées larmoyantes qu'il écoutait le dimanche en fredonnant des paroles inaudibles : c'était Super Gypsy et son violon aux mille pouvoirs, portant bottes rouges, blouse à manches bouffantes et gilet brodé. Pour ne pas être en reste, Christian inventa Super Hébreu, dont il peina à décider s'il devait porter un péplum imité des images du catéchisme ou une fourrure et une toque emblématiques de l'Est lointain dont ils étaient issus.

---

**1.** Prononcer « Kirailly ».

Pendant des semaines, les deux petits Français jouèrent avec fougue au Tsigane et au juif, en lutte contre les Russes pour déchirer le rideau de fer. Si on leur avait jusque-là dissimulé leur origine juive, on les avait en revanche dotés d'un vigoureux anticommunisme primaire.

Yvon fut retiré du lycée par des parents qui trouvaient soudain l'établissement trop mal fréquenté. Christian se fit de nouveaux copains qui provenaient de milieux plus modestes et, durant quelques années, jamais la langue pittoresque de son père ne suscita autre chose que des sourires et la cuisine de sa mère des étonnements chez les jeunes invités de leur fils. Gábor recevait le jeudi après-midi des garçons dont la lèvre s'assombrissait de duvet, et il chassait Christian de leur chambre. L'adolescence de l'aîné renvoyait le petit à son enfance, ils jouaient moins ensemble, Gábor devenait avare de ses secrets. Il s'écartait de Dieu ; Christian le ressentait plus fort de dimanche en dimanche. Son coup de clochette était moins solennel, il s'appliquait à ne pas verser tout le vin de la burette dans le calice afin d'en siffler le fond dans la sacristie, il bâillait sans discrétion pendant le sermon et filait dès la sortie rejoindre sa bande de presque moustachus en évitant de saluer les connaissances de la famille. Et pourtant, ils avaient récité des milliers de prières côte à côte et servi des centaines de messes. Il se laissa gagner par la nostalgie de leur apprentissage d'enfants de chœur, lorsqu'ils répétaient le rituel seuls dans leur chambre, à genoux de part et d'autre de la table des devoirs scolaires, avec deux lampes de poche en guise de chandeliers et, au centre, une robe démodée de leur mère posée sur une chaise pour figurer le prêtre. Élevée dans la chrétienté, madame Királyi était sincèrement pieuse, chantait avec les ouailles, faisait les répons ; mère au foyer, elle aidait ses fils après l'école à traduire Cicéron et Tite-Live avec son latin de cuisine. Monsieur Királyi était administrateur de sociétés appartenant à une banque d'affaires juive ; il se montrait à l'église pour parfaire une appartenance catholique chèrement acquise. Chaque nuit, Super Hébreu implorait Jésus et Marie de lui rendre Super Gypsy ; sans lui, il n'était qu'un gamin, condamné à la seule compagnie des copains de son âge ; sans lui, il n'apprendrait plus rien du monde des grands, impitoyable et inaccessible. Mais Gábor était déjà loin, le corps entier bouleversé par la puberté, la barbe naissante et la révolte grondante.

Où donc était passée sa foi ? Qu'était-il advenu de leur connivence ? Petits, ils ne s'étaient que peu chamaillés, et rarement battus. Leur différence musculaire réglait tous les conflits physiques à l'avantage de Gábor. Christian en était réduit au charme et à la ruse pour ne pas devenir la chose de son frère. Un jour de vacances à la campagne, ils avaient trouvé dans l'herbe une lame de rasoir rouillée. L'objet leur parut un trésor posé sur leur route d'aventuriers de cinq et sept ans par une force supérieure, enchanteur ou sorcière des marais voisins. C'était un instrument de culte, un outil sacré dont Gábor décréta qu'il devait servir à tracer le signe des esprits de la forêt sur la peau des élus. Christian craignit d'être le seul à profiter de cette grâce soudaine et considéra le tranchant oxydé avec appréhension. Il suggéra de scarifier une moitié du symbole secret sur sa poitrine et l'autre sur celle de son frère.

– Afin de nous lier pour l'éternité dans le pacte des arbres magiques et de déjouer les jalousies des envoûteuses lacustres.

Il ne manquait pas de vocabulaire pour son âge. Gábor se laissa convaincre, et c'est dégoulinants de sang tous les deux qu'ils se précipitèrent en pleurant vers la maison où ils furent traités avec équanimité en termes de soins et de punitions. Leurs torses devaient porter à jamais la trace de cet acte fusionnel.

Ils vivaient dans un monde féerique peuplé de personnages des contes de Grimm que leur disait leur mère les jeudis après-midi de pluie. Elle en possédait une édition allemande traditionnelle, imprimée en caractères gothiques, illustrée de gravures tourmentées qui fascinaient Gábor et Christian. Ils tournaient les pages et choisissaient l'histoire selon l'image, avec un goût prononcé pour le Diable et les dragons. Maman commençait alors par lire en silence, et ils pouvaient deviner sur son visage les émotions à venir. Elle grimaçait à l'approche des catastrophes, plissait les paupières dans le danger, entrouvrait les lèvres devant les sortilèges, souriait de la fin heureuse. Puis elle refermait le livre et se mettait à raconter d'un timbre chantant, mettant l'intonation, imitant les voix, improvisant lorsqu'un détail lui échappait. Son accent, plus léger que celui du père, et ses fautes de français tout aussi nombreuses coloraient son interprétation incomparable. Même lorsqu'ils surent lire, et après qu'on leur eut offert une traduction française du recueil, ils continuèrent longtemps à réclamer ces lectures. Ils aimaient les Grimm, qui étaient des frères, comme eux.

Dieu, Jésus et les autres n'entendirent pas les suppliques de Super Hébreu. Gábor se coula avec morgue dans son nouveau personnage de presque adulte, Il ne regardait plus Christian, il le toisait et avait désormais le droit de rester devant la télévision le soir avec les parents ; on lui servait à table un occasionnel verre de vin. Ses romans simplistes des bibliothèques Rose et Verte avaient été remplacés par de vrais livres au vocabulaire savant et aux pages innombrables. Il passait un temps infini à les lire aux toilettes pour se défaire de la présence babillarde de son petit frère. Il y emportait aussi des revues mystérieuses négociées à des élèves de terminale au lycée, qu'il cachait ensuite sous son matelas, et menaça Christian de funestes représailles s'il le dénonçait ou tentait seulement de les consulter. Enfin, il ne lui révélait plus le moindre secret. Gábor changeait vite ; il commença à se raser sous les conseils d'un père ému, grandit encore de quelques centimètres. Les deux frères ne se ressemblaient plus, escogriffe et freluquet. L'aîné considérait déjà les filles comme des conquêtes possibles et la vie devant lui comme un champ de plaisirs à récolter. Il avait un appétit de sportif et célébrait chaque jour la cuisine hongroise de leur mère, goulaschs, ragoûts et pâtisseries, charcuterie, pavot et paprika. Christian, lui, avait perdu le goût de manger. Il se sentait trahi par tous, par les parents qui s'émerveillaient de la transformation du grand en ignorant les souffrances du petit, par Gábor qui annonça ne plus vouloir servir la messe et par Dieu qui s'en foutait. Les frères devinrent alors ce qu'ils seraient toujours, un jouisseur et un douloureux.

Un après-midi, Christian n'y tint plus et souleva le matelas de Gábor. Ce qu'il découvrit dépassait en valeur tout ce qu'il avait imaginé : cinq numéros à peu près intacts de *Paris-Hollywood,* magazine érotique à trois nouveaux francs, qui présentait des photographies en couleurs de femmes nues retouchées pour en faire disparaître les poils pubiens. Un authentique trésor de grand, une source exceptionnelle d'informations anatomiques. Christian avait souvent décalqué au crayon des publicités pour dessous dans les pages de *Paris Match,* supprimant le soutien-gorge et rajoutant des aréoles imitées des siennes pour se donner une idée du corps féminin. Mais là, c'était du costaud, du vrai de vrai. Il feuilleta longtemps les revues, fasciné et oublieux du danger qu'il encourait. Gábor ouvrit la porte, Christian resta pétrifié. Il ne songea même pas à se protéger le visage quand s'abattit le premier coup de poing qui lui écrasa le nez et brisa ses lunettes. S'ensuivit une empoignade rehaussée de hurlements sauvages. Maman accourut pour découvrir Christian en larmes et Gábor écumant, assis sur son lit défait où les *Paris-Hollywood* avaient retrouvé leur cachette.

– Il est hors de question que je continue à partager ma piaule avec ce morveux !

La situation était d'une gravité inédite, les parents comprirent qu'il fallait séparer les garçons. On libéra une pièce voisine de la cuisine qui avait accueilli jusque-là les jeunes filles au pair chargées de la surveillance des enfants. On proposa à l'aîné de choisir où il voulait dormir. Il préféra la nouvelle chambre, bien qu'elle fût plus petite, sans doute par goût du changement. Il s'était spolié lui-même ; Christian se garda bien de le lui faire remarquer.

L'Algérie était indépendante, Marilyn Monroe était morte pendant les vacances ; Gábor recouvrait ses murs de photographies de Françoise Hardy et se moquait du monde. Il apprenait et répétait ses attitudes d'homme avec la méthode d'un acteur qui prépare un rôle. Il éprouvait sa voix en fin de mue, passait chaque matin un rasoir sur ses joues glabres dans l'espoir d'accélérer la pousse de rouflaquettes, prenait des poses viriles empruntées aux vedettes de cinéma, relevait le col de ses vestes. Il avait reniflé jusqu'au sommier de son lit, certain de retrouver la trace du parfum intime des étudiantes allemandes qui y avaient dormi avant lui, et s'imaginait coucher avec elles. Il veillait tard pour se masturber sans retenue dans ses draps, désormais libéré de l'obligation de se caresser aux toilettes. Il était heureux.

Christian servait la messe avec un blondinet de son âge et, bien qu'il eût été promu chef, responsable de la cloche et des burettes, le cœur n'y était plus. Il cessa même de boire le fond de vin, se demandant comment on pouvait avoir du goût pour un pareil breuvage et en quoi il était le meilleur avatar du sang du Christ. La réincarnation divine aurait dû avoir la suavité du lait concentré sucré en tube qu'il sirotait à la récréation, ou titiller les papilles comme un Mistral gagnant. Au lieu de cela, on communiait avec des hosties à texture de papier qui collaient à la langue. Il lui fallait bien de l'humilité, au Jésus, pour accepter d'être si fade quand le pape lui-même se parait de riches étoffes brodées d'or et d'une tiare à étages. Décidément, Dieu se trompait souvent de copains, et un jour il le regretterait. Ce n'était pas une menace, juste l'avertissement d'une brebis prête à s'égarer.

Christian n'avait pas remplacé Yvon, auquel il ne tenait pas rancune de ses insultes exotiques, mais n'osait pas non plus le rappeler pour tenter de rétablir leur camaraderie ancienne. « Sale juif ! » L'invective lui revenait parfois, sibylline et inquiétante. Il n'avait pas oublié la réaction étrange de ses parents. Il aurait fallu s'expliquer sur le motif de la brouille, comprendre les griefs d'Yvon, s'exposer à un nouveau rejet. Au bout du couloir se trouvait la chambre de Gábor, le seul à connaître le véritable sens du mot « enculé », un cador, son frère. Une nuit de courage, il décida d'aller renouer. Il traversa l'appartement sur la pointe de ses pieds nus et ouvrit la porte sans frapper. Gábor eut à peine le temps de tirer le drap sur une érection qui sembla monstrueuse à son petit frère. Un *Paris-Hollywood* glissa au sol.

– Dégage, pauvre con !

Il haletait, interrompu au bord de l'éjaculation.

– Mais, Super Gypsy... commença de plaider Christian.

– Tu sais quoi ? Il est mort, Super Gypsy.

## 2

La réussite matérielle avait été pour monsieur Királyi une revanche sur ses origines et la nécessité de s'exiler. Elle constituait, depuis, un rempart destiné à protéger ceux des siens qui lui restaient. Il portait en permanence sur lui une grosse somme en espèces destinée à corrompre tout éventuel officier chargé de sa déportation. On ne l'aurait pas deux fois. Quant à sa famille, s'il ne la francisait pas totalement, il pensait que la double sauvegarde de la catholicité et de la fortune la préserverait du pire. Il croyait même qu'une dose de patriotisme magyar aurait des vertus déjudaïsantes ; les juifs hongrois avaient constitué le contingent le plus nombreux de massacrés des derniers mois d'Auschwitz ; qui n'était pas rescapé des camps nazis n'était pas juif, c'était mathématique.

Monsieur Királyi établissait entre Allemands et nazis une différence qui reconnaissait les mérites et la richesse de la culture et de la langue germaniques. Il voyageait souvent en Bavière, citait volontiers Schiller dans le texte et mangeait de la saucisse. Madame Királyi était la fille d'un baron catholique et d'une aristocrate juive convertie.

Elle avait reçu deux langues maternelles, le hongrois et un allemand littéraire et raffiné, dans lequel elle avait poursuivi des études supérieures. Alors que, parmi les Français, le dédain traditionnel du Boche était encore vivace en ces années de construction européenne débutante, monsieur Királyi, lui, haïssait surtout les Russes, auxquels il semblait en vouloir à plusieurs titres. Il était bien revenu des camps, mais de ceux de Sibérie. Après la guerre, à peine marié, le couple avait émigré dès la prise du pouvoir par les communistes. Ils fuyaient autant le nouvel ordre politique qu'un monde infesté de cauchemars irrépressibles. Les contributions d'Hitler et de Staline à l'antisémitisme en Europe centrale les avaient laissés sans parents ni frères ni cousins.

Les beaux quartiers dans lesquels ils vivaient aux portes de Paris leur faisaient toujours l'effet d'un décor de cinéma, ville de banlieue prospère, d'une propreté lénifiante. Les hôtels particuliers étaient encore nombreux entre les immeubles de standing récents comme celui qu'ils habitaient. Des arbres à profusion et le bois de Boulogne voisin complétaient la sensation d'intemporalité. À Neuilly-sur-Seine, ils avaient espéré oublier. Ils n'oublièrent jamais. Ainsi, lorsqu'un phimosis fut diagnostiqué à l'âge de cinq ans sur Christian par le médecin de famille et que l'indication de circoncision chirurgicale fut confirmée par un praticien en vogue, monsieur Királyi lui demanda – comment dire, docteur ? – d'en couper le moins possible. Un clin d'œil accompagna la requête

1. « Oui » en hongrois.

timidement formulée.

– Vous me comprenez ?

– J'en laisserai aussi long que je pourrai, soyez sans crainte.

Espérait-il vraiment duper un SS abaisseur de culottes ? Avec un minimum de chance, la question ne se poserait jamais. À Christian, on avait raconté qu'il fallait l'opérer pour l'aider à faire pipi tout droit. À treize ans, il arrosait toujours le tour de la cuvette et s'était résolu à pisser assis, attendant d'être assez grand pour se soulager dans le lavabo. C'était lui qui occupait maintenant les toilettes des heures durant, *un Art poétique* de Boileau pris sur l'étagère comme prétexte, et des pages de *Playboy* apportées sous sa chemise pour la stimulation. De jour, sa chambre n'était pas un endroit sûr. Gábor tambourinait le plus souvent sur la porte des cabinets par plaisir, pour torturer son jeune frère.

– Il faut que j'aille aux chiottes. Qu'est-ce que tu fais là-dedans ?

– Rien, je lis. Laisse-moi tranquille !

– Mon œil !

– Mon cul !

Difficile de discerner les véritables urgences. Une fois, Gábor avait failli enfoncer la porte pour de bon.

Outre leur maisonnée pittoresque à laquelle s'étaient accoutumés tous leurs bons copains, ce qui différenciait le plus les fils Királyi des autres petits Français du quartier était leur absence de grands-parents. Une explication avait semblé nécessaire à leur père. Il reprit son discours historique là où il l'avait interrompu trois ans plus tôt, vaincu par le fou rire des garçons. Il fit une description elliptique d'événements nombreux et particuliers qui n'évoquèrent rien du peu d'histoire contemporaine que pouvaient connaître ses enfants. Il inventa une sorte de judéité *light,* abjurée depuis longtemps, qui avait valu un sort funeste à sa famille et à celle de leur mère. L'héroïque baron chrétien qui avait tenu à suivre son épouse en déportation était la figure centrale de la légende qui se constituait. Les ascendants paternels étaient qualifiés de « durs à la tâche », de « courageux », mais il éluda leur extraction sociale, n'évoqua pas leur religion ; ils n'étaient pas convertis. En tout cas, maman était catholique puisque sa mère l'était, et papa parce qu'il l'avait voulu, bien avant la guerre. L'extermination des juifs les concernait à cause des morts de leur famille, mais pas plus que n'importe quel citoyen sensible aux tragédies de son temps. En somme, il n'y avait plus rien à craindre, puisque leur catholicité était avérée – les garçons n'avaient-ils pas tenu la sacristie de Sainte-Isabelle pendant près de quatre ans ?

– Voilà, ils savent mieux qui ils sont, dit monsieur Királyi en hongrois.

– *Igen*[1], répondit madame, dubitative.

Gábor et Christian n'avaient réellement souffert du manque de grands-parents qu'à Noël et aux anniversaires, où leur compte de cadeaux était inférieur à celui de leurs camarades de classe. Maintenant que la puberté réglait le moindre de leurs pas, le regret s'était estompé :

1. « Oui » en hongrois.

quelle mamie leur aurait jamais offert ce qu'ils souhaitaient vraiment ? Pour le reste, Beatles et Rolling Stones occupaient leur champ culturel, Gábor avait abandonné Françoise Hardy pour Mick Jagger, le mauvais garçon, tandis que son petit frère préférait le suave McCartney. Gábor se laissa pousser les cheveux, à l'imitation de son idole, et Christian à celle de son aîné. La fureur paternelle et l'autorité du censeur du lycée eurent provisoirement raison de ce premier signe de révolte. La musique et l'impertinence les rapprochaient de nouveau, leurs piètres résultats scolaires aussi. Leur père se désolait devant ces gosses de riches qui tenaient la paix du quartier pour naturelle et la politesse pour ennuyeuse. Ils réclamaient des cyclomoteurs et le droit de sortir le soir, mais la référence régulière à l'éducation hongroise fermait toute discussion. Aussi, pour rester semblables aux autres adolescents, les frères apprirent à tricher, s'inventèrent des heures d'étude, des exposés à préparer chez des élèves mieux documentés, des sorties accompagnées par les professeurs de dessin, de sciences naturelles ou d'histoire. Le grand frère fut souvent l'alibi du petit et l'autre la couverture du premier. Leurs amis finirent par se connaître et, si les plus jeunes craignirent toujours les plus âgés, les copains de Gábor adoptèrent peu à peu Christian, qui remonta ainsi dans le train de la précocité dont il avait été forcé de descendre. « Enculé » signifiait maintenant « pédé », et « faire l'amour » se disait « baiser ». Si des silences habités ne permettaient pas de deviner à coup sûr qui l'avait déjà fait, cet inestimable amour, s'imaginer en compagnie de possibles ex-puceaux avait de quoi rendre fiers les plus blasés.

La confiance n'était cependant pas complètement rétablie entre les deux frères, l'aîné ne manquant jamais de plaisanter sur la chétivité et l'absence de poils au menton du petit. Gábor était aux yeux de Christian presque un géant, ses joues bleues forçaient l'admiration, et il était doté d'une stature d'athlète qui ne devait rien aux cours d'éducation physique qu'il séchait avec constance. Christian imitait crédiblement les signatures parentales, procurant aux acolytes de Gábor les mots d'excuse qui leur permettaient de traîner au café entre demis de bière et cigarettes à bon marché ; ses talents de faussaire rendirent vite le cadet indispensable à la bande. Il se forgea une image d'adolescent hypersensible, promis aux derniers tourments de l'âme et à un destin artistique fécond. Quand Gábor prit sa première cuite, Christian l'aida à vomir discrètement dans la salle de bains en lui citant *L'Art poétique* qu'il savait par cœur à force de l'emporter aux toilettes.

« Il n'est point de serpent, ni de monstre odieux,
Qui, par l'art imité, ne puisse plaire aux yeux... »

Il le coucha ensuite avec la condescendance des purs esprits devant les esclaves de la chair.

Un ciné-club se créa au lycée, que Gábor bouda et qui fascina Christian. *Citizen Kane* l'éblouit, *Le Cuirassé Potemkine* l'impressionna, la *Jeanne d'Arc* de Dreyer l'intéressa, Godard l'irrita et *Nuit et Brouillard* d'Alain Resnais le terrassa. Les plans des bulldozers américains poussant les cadavres dans les tranchées comme des carcasses disloquées vers un équarrisseur monstrueux lui donnèrent un haut-le-cœur doublé d'une fascination morbide. Christian comprit confusément qu'il procédait de cette épouvante, pressentit une filiation, un devoir, un secret. L'extermination des juifs n'était plus un événement tragique de la guerre dont on lui avait à l'occasion parlé avec componction, mais un épisode de son histoire personnelle qu'on lui avait épargné avec méthode. Et raison, pensa-t-il. Coupable d'avoir vu ces images interdites, il redoutait un châtiment. Il décida de se taire en retour et, cette fois, n'interrogea pas sa mère.

Gábor aimait James Bond, lisait Arsène Lupin, mais entretenait avec légèreté sa culture magyare fantaisiste, agrégat de nostalgie aristocratique et de cabaret tsigane recomposé, dont il était persuadé qu'elle contribuerait à ses premiers succès sentimentaux. Sa fringale de jeux et de marrade était aussi communicative que son rire était tonitruant ; Christian se cramponna à lui comme jamais auparavant. Gábor ne le rejeta pas et, en signe d'adoubement, lui céda deux exemplaires froissés de *Paris-Hollywood*. Christian les rangea sous son matelas à côté de ses propres trésors, quelques pages de *Playboy* chèrement négociées à de nouveaux élèves de terminale, comme Gábor l'avait fait avant lui. Ils ignoraient tous deux que leurs parents avaient depuis longtemps découvert ces cachettes et qu'ils considéraient la possession d'images de femmes nues comme la preuve d'une sexualité normale. En cela au moins ils étaient modernes. Les cigarettes et la boisson posaient des problèmes plus délicats. Maman avait l'odorat fin et ne manquait jamais d'embrasser ses fils dès leur arrivée à la maison. Si l'odeur de tabac dans les vêtements pouvait être attribuée à l'atmosphère enfumée du café où ils avaient bu une limonade après les cours, l'haleine réclamait un rafraîchissement systématique à base de chewing-gum à la menthe. Si Gábor aimait la bière, Christian ne buvait pas d'alcool, mais tirait d'occasionnelles bouffées de Gauloises en prenant des poses blasées. Les frères mâchaient donc avec application dans l'autobus du retour, l'air pénétré de héros revenant du combat. Ils crachaient ensemble dans les poubelles du sous-sol avant de se présenter en toute innocence devant une mère confiante. Se laisser pousser les cheveux posait toujours des problèmes insolubles. Ils avaient beau relever leurs cols de vestes, coincer les mèches avec leurs branches de lunettes, un rapide examen paternel les renvoyait illico chez le coiffeur, avec lequel ils tentaient de négocier une coupe modérée.

Christian se mit à dessiner, faisant l'admiration des grands de la bande, qui lui réclamaient des caricatures de professeurs et des portraits de chanteurs. Gábor était fier de son petit frère artiste et Christian exalté qu'il le fût. C'est en ayant l'idée de réaliser et de vendre des nus imaginaires de filles du lycée voisin que les frères s'orientèrent vers les métiers qu'ils exerceraient plus tard, financier et artiste peintre.

Le ciné-club programma Bergman et Renoir, Christian crut avoir chassé les images des camps.

« Sale juif ! » Le cri d'Yvon lui revenait parfois à l'esprit, comme une décharge douloureuse, avec une violence accrue depuis la projection du film de Resnais. Cela pouvait se produire à n'importe quel moment, pendant un cours de mathématiques ou une partie de flipper. Il avait du mal à se souvenir de sa voix, s'efforçait d'en reconstituer le timbre. Il lui était en revanche facile de se rappeler le visage poupin déformé par cette haine imprévue, avec le rouge aux joues d'un garçon trop blond, la sueur de la rage sur sa fine peau veinée de bleu. « Sale juif ! », cela voulait dire « Meurs ! », il n'en doutait plus. Mais pourquoi, ressassait Christian, pourquoi ?

Bambins au sortir de la maternelle, ils s'étaient choisis comme font les élèves sages entre eux. Nuls en gym et guignant les places d'honneur, ils étaient restés à l'écart des bandes qui se tabassaient avec constance. Leur camaraderie vira à la tendresse ; Yvon était ce que Gábor avait dénommé avec science un « ami de cœur », et Christian vivait avec lui tout ce qui était de leur âge. Ils échangeaient leurs jouets, se montraient leurs devoirs, étaient accueillis chaque jeudi par les parents de l'un ou de l'autre. Entre catéchisme et goûters d'enfants, leur relation était d'une exemplarité doucereuse. Mais, au fil des années de primaire, Christian prit un ascendant scolaire sur Yvon et envisagea le passage en sixième comme un rite initiatique.

La découverte du lycée fut celle de la rudesse, de la brutalité et d'une émulation inévitable. Il y avait un professeur à la mine lugubre par matière au lieu de la gentille madame Pérignon, leur maîtresse pour toute l'année, dont Yvon était le chouchou. Les pions hurlaient dans les couloirs pour terroriser les gosses ; les anciens bizutaient les petits ; Christian se prit pour un grand, et Yvon sombra, jaloux de la capacité d'adaptation de son ami. La brouille fut-elle un moyen de faire cesser les comparaisons ? Peut-être. Mais « Sale juif ! » n'était pas une insulte de son joli monde immaculé, il avait fallu qu'un adulte la lui procurât. Une personne informée, qui devait bien connaître la famille Királyi et l'histoire des minorités hongroises. Mieux que Christian, auquel ses parents étaient parvenus à tout dissimuler de sa judéité. Le père d'Yvon ou sa mère ? Son rapide retrait du lycée empêcha Christian de s'expliquer avec lui. Des dizaines d'années plus tard, il chercherait encore à comprendre ce qu'il s'était passé cet automne de 1961 et tenterait sans succès de retrouver sa trace pour lui poser la question en face. « Sale juif ! » La voix du gamin se serait totalement effacée de sa mémoire, il lui resterait le souvenir d'un glapissement et une photographie de la fête de fin d'année de leur classe de neuvième, dérisoire spectacle de patronage qui mettait en scène l'arrivée du Tour de France, avec au centre Pierre Thibert, le meilleur élève de l'époque, emperruqué pour figurer la demoiselle au bouquet ; à droite, Christian incarnant un coureur retardataire avec faux nez et moustaches, et, au fond, Yvon, le regard déjà noir en spectateur anonyme.

# 3

Christian décida de passer par l'autoroute. Il n'était pas pressé d'arriver, et redoutait plutôt l'entretien qu'il avait demandé à sa mère, mais conduire vite l'apaisait. Il n'avait passé son permis que tard, et se trouver au volant conservait pour lui un attrait intact, malgré ses quarante-neuf ans et près de cinq cent mille kilomètres parcourus. Comme tout ce qui signifiait l'état d'adulte, tout ce que faisaient les grands lorsqu'il était enfant, prendre un avion seul, s'asseoir en première classe dans les trains. Il fonçait vers l'Oise dans le soleil d'automne. Madame Királyi s'était retirée après la mort de son mari dans leur maison de campagne, où elle célébrait le culte discret et obstiné de leur vie commune. Les murs étaient restés couverts de trophées de chasse, de portraits de ses ancêtres aristocrates, de taches d'humidité. L'îlot d'Autriche-Hongrie survivait en plein terroir picard. Christian n'avait rien dit de son projet à Gábor, qui était certainement en train de traiter des affaires juteuses, calé dans un fauteuil derrière son bureau Empire, l'œil distraitement posé sur la photographie de ses trois enfants, Miklós, Zoltán et Tibor. Ektachrome, sourires. Trois petits Français fiers de leur origine pittoresque. Trois petits cathos que personne ne viendrait embêter, qu'aucun Yvon ne saurait démasquer. Christian s'en voulait de n'avoir jamais osé interroger son père sur l'autre pan de leur ascendance. Il avait trouvé sa mère fatiguée ces derniers temps ; il craignit soudain de la perdre, et avec elle le reste de son histoire. Il décida de la questionner sans détour, de lui demander ce qu'elle savait du parcours de son mari, de sa guerre, de sa déportation sibérienne. Il entendait aussi la pousser à parler d'elle et de ses parents. Il ne supportait plus la fragmentation de la mémoire familiale.

Appelée au téléphone, elle avait accepté sans hésiter, à sa surprise, et l'avait invité à venir un jour de semaine, un jour sans frère, sans petits-enfants et sans belle-fille. Sur le siège à côté de lui, se trouvait le magnétophone qui recueillerait les précieux souvenirs. Il aperçut un éclat de lumière au loin, pensa à un radar et ralentit. Il aurait été trop bête de manquer le rendez-vous maintenant qu'il avait fait le pas. Madame Királyi aimait la ponctualité.

Christian se gara en douceur face aux fenêtres de la cuisine. Sa mère entendait de moins en moins bien. Elle ne s'était pas aperçue de son arrivée. Il la regarda un moment avant de descendre de voiture. Elle était devenue une vieille dame, se tenait voûtée, avait renoncé à sa séduction jusque dans sa chevelure, qu'elle portait blanche et au carré. Elle semblait affairée, comme souvent les gens seuls. Elle jeta un regard à sa montre. Sans le vérifier,

Christian sut qu'il était l'heure. Pile. Il klaxonna.

– Tu es là, chéri, dit-elle en sortant de la maison.

Il se pencha pour l'embrasser, songeant de manière fugace à vérifier son haleine. Or il ne fumait plus depuis sept ans.

– Entre, entre, tu as bien roulé ?

Il est singulier de noter que les personnes à accent choisissent toujours les mots les plus exposés à la déformation. Christian l'entendait rouler les r et ouvrir les é comme son père, mais n'en riait plus. Il y avait pris goût.

– Oui, j'ai trrès bien roulè, répondit-il en l'imitant.

– Ne te moque pas de ta vieille mère !

Il tenta une protestation de politesse. Elle leva la main pour l'en empêcher.

– Que je sois devenue une vieillarde, c'est normal, c'est presque une bonne surprise, oui ? Pendant la guerre, qui aurait juré qu'on pourrait vivre si longtemps ? Mais penser que mes fils ont maintenant cinquante ans... Allez, entre, tu veux un café ?

– Avec plaisir.

La proposition était un commandement. Il y avait entre lui et sa mère un lien d'ordre alimentaire. Il ne pouvait prendre congé sans avoir été nourri ou abreuvé. Il s'assit à table et s'accouda sur la toile cirée.

– Un grand, un petit, un vrai, un faux ? demanda-t-elle.

Christian opta pour un café soluble, mais pas décaféiné, espérant stopper le flot de questions par la précision de son choix.

– Tu ne m'as pas dit, une tasse ou un *mug ?*

– Comme tu voudras.

Elle prépara la boisson dans un bol artisanal orné du prénom de Gábor.

– J'ai cassé le tien.

Elle rapporta une bouilloire qui chuintait en permanence sur la cuisinière à bois et commença à verser l'eau.

– Tu me diras.

Comme ça, très bien, moi non plus je ne l'aime pas trop fort, cela fait des années que je ne prends plus de sucre, c'est vrai, j'avais oublié, tu sais, à mon âge on perd la tête, mais non, maman. Le rituel était accompli. Elle s'assit face à lui et le regarda tendrement. Le silence, puis :

– Tu n'auras jamais d'enfants ?

– Maman...

– Ton frère n'a eu que des garçons, j'aimerais tant avoir une petite-fille, oui ?

– Maman...

Sa mère regrettait Sarah, sa dernière compagne, la seule femme avec laquelle il aurait pu devenir père. Elle s'était plainte de leur rupture plus encore que Christian lui-même. Sarah avait vécu en Autriche et parlait allemand couramment, ce qui donnait l'occasion à madame Királyi de pratiquer la langue de ses études, Sarah avait le même âge que Christian et songeait à poser ses valises, Sarah était cultivée, Sarah jouait de la musique... Mais Sarah était dogmatique, domestique et peu romantique, alors que Christian était lunatique, bordélique et un rien frénétique. Et Sarah n'aimait pas faire l'amour. Les mères ne dorment pas dans les chambres de leurs fils et ne connaissent pas les motifs réels des séparations. Au fil de ses amours ratées, Christian avait présenté à madame Királyi une Russe, une Polonaise, une Française et quelques Américaines.

– Pourquoi pas une Hongroise ?

– Et où je la trouverais ?

– Là où tu as trouvé les autres, au travail, en voyage, je ne sais pas. Va la chercher à Budapest !

– Maman...

– J'aimerais tant avoir une petite-fille. Tu pourrais l'appeler Ilona.

– Maman !

Ses doigts déformés par l'arthrose s'impatientaient sur la nappe. Il se souvint qu'elle avait coutume de tracer du pouce une croix sur le front des deux frères et de leur donner une petite tape sur la joue avant de les embrasser le soir dans leurs lits. C'était sa version intime et quotidienne du rite catholique de la confirmation. Gábor et Christian avaient reçu presque tous les sacrements disponibles, à l'exception de l'extrême-onction ; l'aîné s'était même marié à l'église. Pour divorcer un an après. Il avait ensuite épousé une gentille Française...

– ... qui m'a donné trois petits-enfants, oui ? Et qui a appris à faire le goulasch, le *pörkölt*[1] et les gâteaux de Noël aux noix et au pavot. Allons, ce n'est pas si difficile.

Elle ne lui demandait même plus de convoler, juste de se reproduire.

– Et puis, tu serais un si bon père, je vois comment tu es avec tes neveux.

Christian voulut changer de sujet.

1. Ragoût hongrois.

– Tu n'es pas trop seule ?

– Non. À mon âge, on est seule, c'est normal. Et mes enfants viennent me voir, n'est-ce pas ?

L'allusion n'était pas voilée. Christian faisait rarement le déplacement. Il détestait la campagne, et son absence de progéniture réduisait le nombre de sujets de conversation spontanée avec sa mère. Elle s'était retirée de son existence de femme à la mort de son mari, n'avait pas imaginé, même un instant, se remarier ou prendre un compagnon. Elle se considérait comme la veuve d'un seul homme, l'homme de sa vie. Sa solitude sanctifiait son grand amour défunt. Christian plaisanta une fois en affirmant que chaque soir, dans sa chambre, sa mère parlait à son père et qu'il lui répondait. Et peut-être vivait-elle ainsi son deuil, puisqu'elle trouva la remarque fort déplacée.

– Tu veux un autre café ?

– Je n'ai pas fini celui-ci.

– Alors il est froid. Je te le fais réchauffer ?

Décidément, on tournait autour de la tasse. Ils semblaient aussi gênés l'un que l'autre, encore incapables d'entamer cette conversation toujours esquivée dans la famille, qui n'aurait de sens qu'au prix d'une sincérité totale. Maman se posa une deuxième paire de lunettes sur le nez et fouilla les piles de papiers qui s'accumulaient au bout de la table. Elle jeta un coup d'œil sur une lettre avant de la tendre à son fils.

– Tiens, regarde, Ödön est mort. Tu te souviens de lui ?

– Non.

– Pourtant tu l'as vu à l'époque quand on a

voyagé chez nous. Tu as oublié ?

– J'avais treize ans.

– Ton père l'aimait beaucoup.

Son regard bleu disparaissait derrière les reflets de la double épaisseur de verre.

– Tu rentres à Paris, ce soir ?

– Il faut.

– Alors on commence, il est déjà tard.

Christian installa son magnétophone à cassettes, orienta le micro vers sa mère, après un rapide essai d'enregistrement avec sa propre voix.

– Il est joli, ton appareil. Tu ne l'as pas acheté exprès, quand même ?

– Non, tu penses bien. Ça vient du bureau de Gábor.

Il l'avait acquis à la FNAC le matin même.

– Alors, il est un peu avec nous, ton frère.

Christian appuya sur le bouton rouge, la bande se mit à défiler, mère et fils se raclèrent la gorge simultanément.

– Vas-y. Cause-moi, dit Christian.

– Je sais pas comment je dois parler pour que tu entendes bien.

– Parle normalement, ça tourne.

– Pose tes questions.

– Bon, d'abord : la famille de papa était juive ?

– Oui.

– Juive ?

– Oui à 100 %.

– Pratiquante ?

– Sûrement. Sûrement, avant.

– Du temps de papa, ils étaient pratiquants ?

– En tout cas, pas au point qu'on l'a obligé de

faire... vraiment, à aller...

Était-ce une forme de trac, une appréhension des révélations à venir ? Son français se dégrada d'un coup.

– Peut-être qu'on l'a mis comme enfant, tu sais, comment on dit ça ? Au catéchisme juif. Papa n'a jamais parlé de ça, qu'il était allé à la synagogue.

– Il a fait sa *bar-mitsvah*[1] ? Non ? Tu ne sais pas ?

Elle eut un sourire furtif dont Christian aurait juré qu'il était coquin.

– Il était circoncis, c'est tout.

1. Dans le judaisme, cérémonie qui consacre, d'un point de vue religieux, l'accès au statut d'adulte pour un garçon qui a atteint l'âge de treize ans.

# 4

À la fin de l'hiver 1965, monsieur Királyi convoqua ses enfants pour leur annoncer le projet d'un voyage en Hongrie et Tchécoslovaquie, sur les lieux où avait vécu leur famille avant-guerre. À quinze et treize ans, il était temps pour ses fils de connaître la terre de leurs ancêtres. L'année précédente, le gouvernement de Prague, sans doute inspiré par l'idée qu'une réserve incalculable de devises gisait entre les mains de ses anciens ressortissants, avait promulgué une amnistie pour tous les citoyens émigrés illégalement depuis la prise de pouvoir communiste, doublée d'une reconnaissance de leurs nationalités acquises par la suite. Ainsi les expatriés pourraient-ils revenir dans leur pays natal dépenser tous les dollars qu'ils voudraient bien y apporter, sans risque de représailles juridiques et avec la garantie diplomatique de sortie du territoire. Monsieur Királyi avait vérifié cette relative ouverture des frontières lors d'un séjour de chasse pendant lequel il avait tué un ours dans les monts Tatras et manqué manger du chien.

– Pourquoi en Tchécoslovaquie ? demanda Gábor.

– Parce que votre mère, comme moi, appartenons *de* la minorité hongroise de Slovaquie.

Christian eut envie de corriger la faute de grammaire, mais s'en garda prudemment. Incapable de mesurer ce que cette nouvelle origine impliquait, Gábor regretta soudain les cours d'histoire qu'il avait séchés. Découvrir qu'il n'était pas hongrois de Hongrie lui déplut dans l'instant. Il se projeta en exilé de seconde zone, en Slovaco-Machin, et ce ne fut qu'après un vigoureux rappel par leur père du diktat de Trianon, qui avait dépecé la mère patrie en 1920, puis de l'arbitrage de Vienne, qui avait rendu leur partie de la Slovaquie à la Hongrie en 1938, qu'il se sentit presque réconforté. Tout de même, son narcissisme magyar venait de prendre un coup, et il se méfierait désormais des annonces solennelles de monsieur Királyi, à chaque fois porteuses de déception.

Une moitié des vacances de Pâques serait consacrée à l'expédition, l'autre à travailler au jardin de leur maison de campagne récemment achetée. Composée d'un carré de pâture et d'un bois peuplé de quelques chevreuils, la propriété matérialisait l'accomplissement de leur destin français, un nouvel enracinement scellé par la possession de terres. À la moindre occasion, monsieur Királyi venait s'y occuper de son gibier, madame de son potager et les fils s'y ennuyer ferme. La perspective d'échapper à une semaine de ce bol d'air obligatoire suscita leur adhésion enthousiaste.

Ils partirent en voiture un petit matin d'avril, ensommeillés et excités à la fois. Madame

Királyi devait conduire seule jusqu'à Bratislava où le père les rejoindrait par avion. On commenta les paysages traversés, l'étendue du réseau autoroutier allemand fit l'admiration des garçons. Ils atteignirent Nuremberg à la nuit tombée et s'endormirent tous trois comme des bébés dans un hôtel confortable. Ils repartirent à l'aube sans rien voir de la ville, inquiets des difficultés du passage de la frontière tchèque et de l'état des routes au-delà du Rideau de fer. Le bloc de l'Est n'allait pas décevoir leur attente.

Des douaniers hostiles inspectèrent le véhicule et les bagages avec une méfiance de gardiens de temple. Ils s'approprièrent en silence une partie du lot de lames de rasoir et de stylos à bille que la famille apportait en cadeau à ses lointains cousins et ses anciens amis. Outrés par le prélèvement autoritaire de cette dîme, mais bien prévenus des dangers infinis des pays communistes par des parents de parti pris, les garçons restèrent muets, et pour tout dire terrorisés. Après une heure de démarches, la barrière se leva au ralenti sur l'autre moitié du monde. La voiture démarra timidement, les gorges des enfants étaient nouées, maman avait les larmes aux yeux et les poches pleines de liasses de monnaie locale, produit du change minimum imposé aux voyageurs étrangers. Devant eux, tout était gris, le ciel, la route étroite, les bâtisses à l'horizon. Ils cahotèrent jusqu'à la fin de la journée sur la chaussée défoncée de la nationale qui menait à Prague via Pilsen. Des nuages bas et chargés accentuaient l'impression de tristesse et de désolation, la météo venait à la rescousse de la pédagogie antisoviétique. La France et sa verdeur printanière ne semblaient pas appartenir au même continent.

Prague était vide. De rares Tatra d'un noir menaçant circulaient dans les rues où quelques passants se hâtaient le long des murs. La façade de l'hôtel promettait le confort désuet des établissements à l'ancienne ; les matelas étaient durs comme des planches, et la nuit fut courte. Monsieur Királyi avait tout organisé de Paris : le lendemain matin, une femme guide agréée vint les chercher dans le hall pour une visite de la capitale.

Dans la vieille ville, les garçons furent impressionnés par l'horloge astronomique ; au château, ce furent les récits des défenestrations de représentants de l'empereur qui retinrent leur attention ricanante. Ils disposaient d'un appareil photographique pour deux et se le disputaient sans cesse ; Gábor mitraillait avec fougue des points de vue de carte postale, tandis que Christian consacrait de longues minutes à composer des images plus élaborées, exaspérant son frère et l'accompagnatrice inquiète de l'achèvement de son programme. La pellicule vint à manquer dès le premier jour et il ne leur restait que trois clichés lorsqu'ils arrivèrent au vieux cimetière juif. Avant d'entrer, maman rendit un petit jugement de Salomon : il y aurait une photo par fils et la dernière pour leur mère.

– Fondé au XV^e^ siècle et fermé en 1787 sur ordre de Joseph II... commença la guide.

La première vision était saisissante : près de douze couches de sépultures superposées pendant trois siècles en un chaos de pierres tombales dressées sur un désordre de buttes et de tertres, en pleine ville. Le foisonnement tortueux des innombrables stèles funéraires frappa Christian au cœur. Un rayon de soleil perça les nuages pour exalter un instant la grave poésie du lieu. La mère considéra ses enfants. L'un s'impatientait tandis que le plus jeune songeait à Yvon, se disant soudain qu'il ne serait pas mécontent d'appartenir à ce peuple, qui savait créer de si beaux cimetières. Chacun prit sa photo. Celle de madame Királyi serait floue.

Le soir, elle les emmena dîner au restaurant *U Kalicha*(1) où avait eu coutume de se rendre Jaroslav Hašek, auteur du *Brave Soldat Chveïk* et gloire nationale tchèque depuis les années vingt. Ainsi s'acheva la partie touristique de leur excursion.

Le parcours jusqu'à Bratislava fut morose. Ils n'avaient pas trouvé le temps d'acheter de pellicule, et Christian faisait la gueule. L'état du réseau routier allait en se dégradant à mesure qu'ils approchaient de la Slovaquie. C'est une famille harassée par le trajet que monsieur Királyi accueillit sur les marches de l'hôtel. Il semblait tendu, soudain incertain de l'opportunité de ce voyage. Il recommanda à tous d'être vigilants, leur rappelant à mi-voix qu'il y avait, dans ces pays, des microphones cachés partout dans les lieux publics. Le dîner fut rapide et silencieux ; le lendemain, ils avaient rendez-vous avec les fantômes de leurs destins brisés.

---

1. « Au calice » en tchèque.

Gris. Tout était gris, le ciel, les gens, leur peau, leurs vêtements. Ils visitèrent une forteresse, une gare provinciale. Monsieur Királyi n'avait pas oublié le chemin. Il se fit photographier devant un bâtiment où il avait été prisonnier, puis devant son ancienne caserne et sur le quai d'où il était parti pour l'Ukraine, avant la Sibérie. Avec un drôle de sourire, il semblait dire « Vous ne m'avez pas eu ! » à ses geôliers disparus. Christian tirait la tronche parce que c'était à Gábor que leur père avait confié l'appareil. La pellicule avait coûté très cher. Orwo. Les enfants n'avaient jamais vu cette marque. Elle venait d'Allemagne de l'Est. Ils l'avaient achetée au magasin Tuzex, qui vendait des produits d'importation et des produits locaux destinés à l'exportation, où l'on était obligé de payer en dollars. Les Slovaques pouvaient y venir, et l'État raflait les devises, expliqua monsieur Királyi, qui avait apporté des paquets de dollars pour les donner à ses amis. « Les gens manquent de tout, dit-il à ses fils. Vous ne connaissez pas votre chance. » Christian boudait. « Gábor cadre n'importe comment. » Madame Királyi ne disait rien, elle regardait son mari poser devant ces murs sales, sous ce ciel bouché, elle avait l'air absente. Lui, il souriait à Gábor qui faisait le malin avec l'appareil, et Christian ne comprenait pas pourquoi il était si fier de leur montrer ses prisons. Quand il lui demanda ce qu'il avait fait pendant la guerre, le père répondit : « Plus tard, c'est trop compliqué. » Maman fit signe de ne pas insister. « En tout cas, si on vient d'ici, on a bien fait de se tirer », pensa Gábor. « Les photos seront nulles, c'est con », grommela Christian.

Monsieur Királyi venait de régler un vieux compte. Il était revenu, vivant et libre, là où il était né, où il avait été juif, où il s'était converti, où cela ne l'avait protégé de rien, d'où on avait déporté puis exterminé sa famille, d'où il avait émigré, pour leur dire qu'il partait de nouveau, mais, cette fois, sans regrets. Il était d'une humeur radieuse que ses fils lui avaient peu connue. La soirée fut consacrée à des retrouvailles avec les survivants qu'on avait pu rassembler. Peu d'intimes. Les garçons furent abondamment embrassés par des dames et des messieurs vêtus sans goût – comme des aveugles livrés à eux-mêmes, songea Christian – qui leur pinçaient les joues en braillant des compliments dans un sabir germano-hongrois que leur mère traduisait à mesure.

– Comme tu es grand... Tu es le portait de ton père au même âge... Comment se fait-il que vous ne parliez pas hongrois ?

Parmi eux, un homme discret étreignit longuement leur père ; il se prénommait Ödön ; il était l'unique rescapé de ses amis d'enfance ; monsieur Királyi l'aimait beaucoup ; il lui donna des monceaux de dollars ; Ôdôn tenta en vain de les refuser ; on se mit à table.

Pour faire bonne figure devant les visiteurs de France, les hôtes avaient sorti leur plus belle vaisselle ébréchée et leurs meilleures bouteilles. Menacés du regard par leurs parents, Gábor et Christian se forcèrent à manger les plats étranges qu'on leur servit, tout le monde but un peu trop, même les enfants. Le vin était médiocre mais titrait ses treize degrés. Les Királyi prirent la seule cuite collective de leur histoire familiale.

Le lendemain, dimanche de Pâques, ils se rendirent sur les terres du père de madame Királyi. Pour la première fois depuis le cimetière juif de Prague, il y avait du soleil. Christian remarqua que son père sifflotait au volant, tandis que sa mère semblait crispée. Ils parvinrent au village vers midi. Une petite foule déambulait, égayée par l'arrivée des beaux jours. La famille descendit de voiture, intimidée, et se mit à marcher vers la demeure ancestrale dont on apercevait la masse rose au bout de la rue principale. Ils avançaient en ligne, maladroits, repérables. Les passants, peu habitués aux touristes, s'écartaient sur leur passage. Impossible de croiser longtemps un regard. Les adultes détournaient la tête l'air préoccupé, les enfants gloussaient dans leurs mains en se donnant des coups de coude. Ils arrivèrent à la grille qui interdisait l'entrée du parc. Ce n'était pas tout à fait un château, mais plutôt une très grosse bâtisse. Les garçons en connaissaient la silhouette pour l'avoir vue sur quelques photographies passées et une aquarelle peinte dans les années trente par leur grand-mère. La vigne vierge avait disparu, une inscription en slovaque barrait la façade.

– Ça veut dire « Institut pour des enfants... profondément débiles », traduisit madame Királyi avec hésitation.

Elle bataillait depuis deux jours avec cette langue qu'elle n'avait plus parlée depuis 1949. Monsieur Királyi suggéra une visite, voulut sonner. Elle le retint. Au bout du voyage, elle calait. Elle ne se sentait pas capable de voir la maison de son enfance heureuse occupée par des inconnus, même si l'affectation médicale du bâtiment satisfaisait sa conscience chrétienne.

– Là, c'était le grand salon, là, c'était la salle à manger, là-haut, c'était ma chambre...

Elle décrivit les pièces en désignant les fenêtres une à une. Christian tenta de faire le cliché correspondant à l'aquarelle. Gábor voulait une photo de groupe. Ils redescendirent la rue avec un sentiment d'inaccompli.

Un vieux tout vêtu de noir s'approcha, courbé, de madame Királyi. Il l'avait reconnue mais n'osait pas y croire. Elle se présenta et le visage de l'homme s'éclaira. La fille du baron ! Elle est revenue ! Il lui baisa la main, tomba presque à genoux. Elle le releva, gênée de cette déférence surannée devant son mari et ses fils. Il appela, d'un ton de voix qui frisait le cri de joie, une femme qui attendait à l'écart. Celle-ci s'avança, fit une révérence maladroite à madame, à monsieur, puis considéra les garçons avec émerveillement.

– Ce sont vos enfants ? demanda-t-elle en hongrois.

– *Igen.*

Elle dévisagea Christian et s'exclama :

– *Istenem ! Az uj Baro ur...*[1]

– Elle dit que tu ressembles beaucoup à papa, modéra maman.

Il regarda sa mère sans comprendre.

– Mon papa, précisa maman.

Madame Királyi désigna le vieux.

– C'est monsieur Kovâcs, l'ancien cordonnier du village.

1. « Mon Dieu ! Le nouveau baron... »

Le couple baisa les mains de Christian. Gábor fut submergé de jalousie. C'était lui, le Hongrois, l'aîné, Super Gypsy ! Pas le môme !

– *Az uj Baro ur...* dit à son tour monsieur Kovâcs.

– Qu'est-ce qu'il raconte ? insista Christian.

– Il dit « Le nouveau baron », traduisit enfin monsieur Királyi, plutôt fier.

Christian était à la fois encombré et intimidé par ces marques de révérence, mais le fait de damer le pion à Gábor sur son terrain valait de passer outre à ces inconvénients. Dans l'os, Super Gypsy ! Ce n'était pas désagréable d'être magyar, après tout.

L'invitation à déjeuner fut impossible à refuser.

Dans la modeste maison, la femme du cordonnier apportait à table les plats que son mari servait à tous, puis attendait debout, muette, les mains jointes sur le tablier, près de la porte de la cuisine. Ébranlés dans leurs certitudes françaises nourries d'une mémoire rudimentaire de la Révolution, les garçons voyaient la nostalgie de l'aristocratie à l'œuvre chez des sujets que leur éducation républicaine et laïque appelait des misérables. Le baron les avait sans doute traités moins sévèrement que le pouvoir communiste qui l'avait remplacé, conclurent-ils en chuchotant. Ils n'osaient pas regarder madame Kovâcs, immobile, asservie et consentante, dont ils se demandaient quand elle pourrait manger. Et pourtant, ils n'étaient pas scandalisés. Les plats se suivaient et les heures s'écoulaient. Si la nourriture de la veille leur avait semblé étrange, celle-ci était indéchiffrable, à l'exception du salami et des œufs qui attestaient de l'importance des hôtes. Maman parlait avec animation à un monsieur Kovâcs aux anges. Son mari la regardait du coin de l'œil, enorgueilli de l'honneur qu'elle faisait au vieux cordonnier en prenant un repas chez lui. Il avait toujours été fasciné par l'extraction supérieure de son épouse, mais c'était la première fois qu'il la voyait face à ses gens. Le respect, l'amitié, la solennité, la familiarité, elle prenait tout avec grâce. Il la trouva très belle. « Dieu, que j'aime ma femme... », pensa Victor Királyi.

La fin d'après-midi fut employée à un détour par la tombe vide de ses parents où madame Királyi avait tenu à faire poser une plaque gravée, payée depuis Paris, dont elle entendait vérifier l'existence. La sépulture symbolique était à l'abandon, le marbre de médiocre qualité ; son intermédiaire l'avait un rien roulée, mais avait dû craindre son éventuelle visite. Les noms des victimes de la déportation reposaient au pays, à défaut de leurs restes.

Les adieux se firent au jour tombant dans une lumière dorée. Monsieur Kovâcs versa des larmes, lança des imprécations, souhaita le retour de l'ordre ancien. Gábor se vit un instant en héritier des terres, sorte de gentleman-baron, et envisagea d'apprendre le hongrois. Christian rapprochait ses visions du cimetière de Prague du petit enclos qui flanquait l'église du village et se demandait où il aurait préféré finir. Au moment de monter en voiture, madame Királyi embrassa spontanément cordonnier et cordonnière qui n'en revinrent pas. La France l'avait rendue moderne, maman.

La soirée fut brève ; le père et la mère souhaitaient être seuls. Le désir a ses raisons et qu'importe le pays. La sexualité de leurs parents était un cercle impénétrable pour les enfants Királyi, qui avaient toujours eu le sentiment qu'elle s'était éteinte à leur naissance. Christian fut confié à Gábor pour une courte promenade en ville, avec force recommandations : ne pas parler trop fort, ne pas se moquer du communisme – « Oui, même en français » –, craindre les uniformes, se méfier des civils et faire attention à ce qu'on prend en photo, la police secrète ayant des officines cachées un peu partout. Tétanisés par ces conseils, les frères firent un tour de pâté de maisons pour la forme, avant de se coucher sans protester.

Demain, la Hongrie !

Ils étaient d'humeur festive en arrivant à Budapest. La cuisine promettait d'être savoureuse, les chambres confortables et la soirée musicale. Les parents n'avaient presque pas souffert dans ce pays qu'ils avaient peu visité, et on y parlait cette langue énigmatique dont la sonorité était familière aux garçons, bien qu'ils n'en eussent jamais compris que quelques noms de plats et certains gros mots. Leur père définissait ces derniers comme « le vocabulaire de chasse ».

– Vous avez un fusil à deux coups, bon, se plaisait à expliquer monsieur Királyi. Le canard, il passe. Vous tirez une fois, vous ratez. Vous tirez la deuxième cartouche, vous ratez le canard

1. Premier violon et chef d'orchestre.

encore. Là, on emploie le vocabulaire de chasse.

Et ils n'avaient pas manqué d'en provoquer l'usage, de cette terminologie tonitruante, presque à chaque fois qu'ils lui avaient présenté leurs carnets scolaires depuis leur entrée au lycée. De nombreux synonymes magyars de « matière fécale » et de « prostituée » y tenaient bonne place. Pour les frères, le hongrois était un dialecte de vieux, utilisé par leurs seuls parents et les rares visiteurs de « là-bas ». L'entendre partout dans la rue, jusque dans des bouches d'enfants, les déconcerta. Ils se retournaient à chaque instant, comme interpellés par d'innombrables cousins inconnus.

Il faisait de nouveau gris. À leur passage, le soleil ne brillait que sur les tombes juives et les demeures perdues. Statues monumentales de la Liberté et du Soldat soviétique, château de Buda, église Mátyás, statue équestre du roi Szent István, parlement néogothique et étoiles rouges sur les bâtiments Art nouveau de Pest, marteaux et faucilles, la visite ne cessait de rappeler les couches de pouvoir qui s'étaient succédé, de la monarchie à la démocratie populaire. De nombreux impacts de balles sur les façades gardaient vive la mémoire de la répression de 1956.

Ils descendirent à l'hôtel Gellért, dont les Királyi avaient rêvé lorsqu'ils étaient jeunes mariés. On avait recyclé le raffinement *Mitteleuropa* façon pacte de Varsovie, mais, après la Slovaquie, tout semblait accueillant. Les frères s'épuisèrent dans la piscine à vagues artificielles tandis que les parents se reposaient aux thermes. On s'habilla

1. Grande plaine.

pour sortir. Monsieur Királyi avait retrouvé la trace d'un de ses violonistes préférés d'avant-guerre, devenu depuis artiste-fonctionnaire dans un restaurant d'État. Vêtu d'un austère complet de tergal gris, le *primás* [1] était chauve, portait d'énormes moustaches et s'arrêta de jouer, archet en l'air, à l'entrée de la famille dans la salle. Les autres musiciens de la petite formation assistèrent avec patience aux retrouvailles entre le Tsigane et son ancien admirateur. Madame et les enfants lui furent présentés. Il entama une csardas endiablée pour les accompagner jusqu'à leur table.

– T'as vu sa tronche, au vrai Super Gypsy ? glissa Christian à l'oreille de son frère.

Il pouvait être très désagréable sans s'en rendre compte. Gábor haussa les épaules avec dédain, conquis par la musique.

– Ta gueule, j'écoute.

Femme et enfants passèrent la soirée à contempler la joie du père. Les morceaux avaient tous des paroles qu'il chantait sans discontinuer ; il en oubliait de manger et même de boire, perdu dans une euphorie impossible à partager ; son bonheur suffisait à sa famille ; il leur offrait un spectacle plus émouvant que celui du cabaret. Il se levait parfois de sa chaise, se penchait un court instant en avant, grave et silencieux, puis se rasseyait pour reprendre ses vocalises. Madame Királyi expliqua discrètement que cette courbette furtive remplaçait les noms du roi Charles et de l'empereur François-Joseph, cités dans certains refrains et censurés par le régime communiste. Les frères

1. Premier violon et chef d'orchestre.

cherchèrent du regard les micros cachés autour d'eux, revinrent à l'orchestre, fascinés par la virtuosité du joueur de cymbalum faisant tournoyer ses mailloches. Villány et Tokaj aszú, Gábor profita de l'inattention générale pour boire plus que son compte de crus hongrois, et passa la nuit à chantonner dans le lit voisin de Christian, exaspéré, la tête enfouie sous ses coussins pour échapper au fredonnement de son frère. L'aîné aimerait le vin toute sa vie, le cadet prit le répertoire folklorique magyar en horreur.

Ils repartirent pour la France au matin. Papa conduisait plus vite que maman. Nostalgie et désir de rentrer se disputaient les cœurs silencieux dans la voiture. Christian crut apercevoir les mains de ses parents se frôler près de l'autoradio et sourit. Gábor avait une gueule de bois méritée. Ils atteignirent rapidement la frontière autrichienne. On leur interdit de changer ce qu'il leur restait de monnaie locale en une quelconque devise occidentale. Pour s'en débarrasser, les garçons achetèrent dans la boutique de souvenirs des figurines de bergers de la Puszta [1] en tenue traditionnelle et leur mère une bouteille de liqueur à l'abricot. Lorsqu'ils revinrent près des douaniers hongrois, l'exportation de ces articles fut taxée, en dollars. De primaire, l'anticommunisme des frères était devenu fondamental. Monsieur Királyi ne regrettait pas ce voyage.

1. Grande plaine.

## 5

L'année suivante fut celle des premiers désastres. Pour Gábor, c'était celle du baccalauréat, et les appréciations de ses professeurs engageaient peu à l'optimisme. Si la chance voulait lui sourire, son père en ferait sans regret un juriste – il avait lui-même été avocat avant d'émigrer –, tout en regrettant qu'il ne profitât pas pleinement des années fastes que la modernité promettait alors aux jeunes Français. Monsieur Királyi avait reporté ses ambitions universitaires sur son fils cadet et l'avait orienté d'autorité vers les sections scientifiques lors de son passage en seconde. Or Gábor se voyait photographe de presse et Christian avait résolu d'être artiste peintre. Et si l'aîné était prêt au compromis pour s'assurer tranquillité et joie de vivre, le cadet perçut la filière où il était inscrit comme un piège dont il lui fallait se libérer au plus vite, car l'éducation hongroise était à l'œuvre et, chez les Királyi, il n'était pas question de discuter de son avenir avec ses parents. Il ne lui restait qu'à devenir délibérément nul en mathématiques. Au premier trimestre, emporté par son goût pour le raisonnement, Christian avait réussi ses compositions d'algèbre et de géométrie, renouant par mégarde avec le succès scolaire : il était dans les cinq premiers de la classe. Il fomenta sa déchéance de matheux avec les qualités requises pour sa réussite : application, constance, logique et rigueur. De semaine en semaine il devint moyen, puis médiocre, attardé et enfin dépassé. La colère du père n'y pouvait rien ; Christian osait soutenir son regard, opposait l'art à l'industrie, se faisait envoyer sans sa chambre sans dîner, maintenait ses positions lorsque sa mère tentait une médiation. Gábor semblait ne pas s'effrayer du mois de juin à venir, ne travaillait pas et parachevait le désespoir de monsieur Királyi devant ses fils, incapable de comprendre l'insolence de l'un et l'indolence de l'autre. Il s'était tant battu pour étudier et dépasser sa condition.

Une aide pédagogique fut engagée pour tenter de remettre Gábor au niveau et de faire travailler ses humanités à Christian, dont le destin scientifique était de moins en moins assuré. Bardée de recommandations, Odile avouait trente-cinq ans et assumait sans complexe le physique de sa spécialité ; répétitrice en latin, histoire et philosophie, elle portait lunettes, chignon serré, tailleur sobre et chaussures plates. Il fut convenu qu'elle donnerait ses cours supplémentaires à son domicile, terrain neutre pour ses nouveaux élèves, plus propice à la concentration et à l'étude que l'appartement familial. Gábor s'y rendrait avec son cyclomoteur et Christian à vélo.

Si, vers le mois de mai, les garçons n'avaient que peu progressé en grammaire latine, Gábor était devenu un homme dans les bras d'Odile, et

Christian un dépucelé précoce et satisfait dans le lit de mademoiselle. Les frères ne venaient pas aux mêmes heures, et chacun ignorait les faveurs accordées à l'autre. L'aîné profita de sa nouvelle assurance pour entreprendre la conquête de filles de son âge et, malgré des bides répétés, s'en tint bientôt avec Odile aux révisions du bac. Le plus jeune vécut cette année-là une des périodes les plus actives de son existence sexuelle, la répétitrice compensant en invention la beauté et la fraîcheur qui lui manquaient. Il apprit beaucoup et très tôt ce qui en ferait par la suite un amant efficace et apprécié. Il aurait sans doute gagné en spontanéité s'il avait eu à découvrir par lui-même une part des fantaisies qu'elle lui enseigna sans retenue.

La vie à la maison était devenue étouffante. Monsieur Királyi considérait ses rejetons comme des dégénérés, tout donnait prétexte à querelle, les algarades s'enchaînaient, toujours plus véhémentes. Les cheveux trop longs, la musique trop forte, les notes trop faibles, l'attitude insolente… la liste des griefs paternels était inépuisable. On interdit les sorties à Gábor, on priva Christian de ciné-club. Le grand frère se plongea dans les romans de Gérard de Villiers et le petit se mit à l'aquarelle. Tandis que l'un rêvait d'espionnes soviétiques aux formes enivrantes, l'autre peignait des scènes tourmentées où des amas de jambes et de bras humains entremêlés figuraient un monde sans espoir. Les parents empruntèrent en cachette quelques-unes de ces œuvres juvéniles pour les soumettre à un psychologue réputé, qui n'y décela que de la frustration sexuelle adolescente.

Christian était donc normal et simplement rebelle. Un soir où il tardait à venir à table, affairé à travailler un détail d'orteil au pinceau fin, monsieur Királyi vint le chercher dans sa chambre et le tira avec brutalité vers la salle à manger. Christian se dégagea en bousculant son père. Sacrilège. Une gifle tomba, sonore. C'en fut trop.

Une guerre venait de se déclarer qui ne se terminerait jamais. Elle aurait ses campagnes, ses trêves, ses armistices, ses traités précaires. Christian n'avait plus été frappé par son père depuis l'âge de sept ans, lorsque, terrorisé d'avoir oublié de lui faire signer son carnet scolaire – dix sur dix en travail et en conduite –, il avait imité sa signature au porte-plume et à l'encre violette. Dénoncé par une institutrice attendrie, il avait subi une raclée inoubliable, s'était vu exilé à l'intérieur de l'appartement, enfermé plusieurs jours de suite dans sa chambre où sa mère le nourrissait en silence, interdit de parole à qui que ce fût, rejeté du rituel vespéral du baiser posé par les fils sur la joue immobile de leur père. Monsieur Királyi avait évoqué la prison, châtiment possible pour les faussaires, fussent-ils des enfants. Christian, qui l'avait cru – comment aurait-il pu contester le verbe sacré ? –, avait passé soixante-douze heures de terreur absolue. Gábor surprit un soir une conversation en hongrois où leur mère semblait enjoindre son mari à la clémence. Il reconnut les mots qui signifiaient « enfant », « doucement », « mal » et « bien ». Il s'enhardit et interrogea son père sur le destin carcéral de son frère.

– Ne lui dis rien, répondit-il. La prison n'existe pas pour les petits comme lui, bien sûr. Mais on ne doit pas tricher, même avec les meilleures notes. Il doit apprendre le respect de la loi, c'est tout.

Il sourit avant de conclure.

– Et puis, la signature est très bien imitée. Trop.

À l'heure de se coucher, Gábor répéta tout à Christian malgré les risques, atténuant ainsi sa torture avant la levée officielle de la sanction.

La claque avait ravivé en Christian le sentiment oublié de terreur devant l'autorité paternelle. Rattrapé par ses pires souvenirs, il serait désormais un révolté apeuré. Sa détermination à n'être jamais l'ingénieur ou le financier qu'on voulait faire de lui serait infaillible. Gábor n'avait jamais vécu de tels affrontements avec son père. Épris de mythologie familiale, il considérait que les souffrances anciennes de monsieur Királyi légitimaient sa puissance, même lorsqu'il la trouvait léonine. La légende rapportait son évasion admirable des camps de Sibérie, seul contre des armées entières qui le pourchassaient, traînant sur son dos, à travers la toundra, son frère blessé de quatre-vingt-dix kilos. Suivaient la mort du frère aimé peu après leur retour puis la prise de pouvoir communiste et l'émigration du couple – avec une madame Királyi enceinte de Gábor – à l'aide de faux papiers négociés contre leurs dernières cuillères en argent. Les enfants avaient entendu ces récits lorsqu'ils étaient encore très jeunes – chez les Királyi, l'antisoviétisme était aussi public que la judéité secrète. Ils ne s'étaient jamais aventurés à les mettre en doute, l'aîné parce qu'ils l'exaltaient et le cadet, bien qu'il en trouvât l'emphase suspecte, parce qu'il se préférait fils de héros. Gábor avait pris les photos de son père devant ses geôles en Slovaquie, il avait croisé son regard à travers l'objectif de l'appareil avant de déclencher, il y avait découvert une furtive fragilité impossible à divulguer. Il aurait tant voulu réconforter Christian, lui montrer que, tout comme lui, il jugeait l'éducation hongroise insupportable ; il aurait aussi souhaité l'aider à comprendre qu'elle venait de loin, de « là-bas », et qu'elle était fondée sur l'amour des enfants, même si ce n'était pas toujours manifeste. Gábor était un tendre, Gábor était un généreux.

Il fut reçu au bac du premier coup. monsieur Királyi y vit un miracle plutôt que du mérite, mais la liesse familiale fut sincère et tous se rapprochèrent un temps. L'été s'annonçait beau, un des fils au moins ne serait pas balayeur, et cette paix provisoire était la bienvenue. Pour récompense de son triomphe scolaire, Gábor fut envoyé aux États-Unis.

Pour ce jeune homme de dix-sept ans, l'Amérique du Nord était plus qu'un pays à visiter, elle était le monde tel qu'il le rêvait. La puritaine famille banlieusarde qui l'accueillait au titre d'un échange lui accorda quelques heures le nez en l'air à New York. Il ne bouda aucun circuit touristique, sommet de l'Empire State Building, tour de Manhattan en bateau, indispensable comédie musicale à Broadway. Les parents étaient enchantés d'être tombés sur ce garçon poli, qui parlait un anglais succinct avec l'accent de Maurice Chevalier et accompagnait volontiers leur fille Maggie dans ses visites de musées. Ils ignoraient le coup de foudre qui venait de se produire entre les adolescents, les après-midi passées à s'embrasser dans les cinémas permanents, la recherche obstinée d'un lieu où ils pourraient faire l'amour. Outre leur infini désir, Maggie et son Français n'avaient que le rock and roll et la musique pop en tête, avec leur attirail obligé de fringues près du corps et de badges identitaires. Gábor écrivit quelques lettres à Christian, suggérant à demi-mot le vertige de son aventure. Chacun, ignorant le degré d'initiation sexuelle de son frère, se croyait en avance sur l'autre. Officiellement, Maggie serait la première conquête complète de Gábor, avec pénétration et le reste.

Christian se fichait de cette petite provinciale et voulait en savoir plus sur les *States,* ce paradis de la modernité qui suscitait toutes les fascinations ; son frère était dans le pays des Beach Boys, dans la ville de Bob Dylan, pour ainsi dire à deux pas d'Hollywood, et il ne lui racontait que des histoires de barbecue dans un jardin avec la fille de ses correspondants. Gábor fut obligé de broder un brin pour donner le change : sa famille d'accueil l'avait entraîné avec ses autres enfants passer leurs traditionnelles vacances d'été au bord d'un lac dans le Maine, et l'apprentissage de la pêche à la mouche n'avait pas de quoi susciter les rêves, même du plus frustré des petits frères. Au bout de trois semaines, Gábor et Maggie trouvèrent le moyen de coucher ensemble et se faire surprendre aussitôt. Renvoyé en France dare-dare par des Américains scandalisés, il fut contraint d'abandonner son premier amour dans une tente de camping, désespérée, honteuse et peut-être enceinte.

En débarquant à Orly, il essuya une engueulade de pure forme ; monsieur Királyi ne détestait pas que son fils fût un tombeur. Dans sa valise, Gábor rapportait des trésors, un lot de photos sur lesquelles il embrassait Maggie à pleine bouche – la preuve irréfutable de son aventure –, l'album *Revolver* des Beatles en édition US et un briquet Zippo géant, acheté en vitesse à l'aéroport, qu'il offrit à Christian. Leur mère s'étonna de ce cadeau inutile. S'ils n'avaient aucun besoin de feu à la maison, les frères étaient devenus, en cachette et chacun de son côté, des fumeurs invétérés qui maniaient le Zippo ordinaire avec épate et dextérité, le lycéen pour allumer ses Gauloises et le bachelier ses Marlboro. Ils passèrent le reste de l'été à la campagne et ne refusèrent jamais de prendre l'air, puisque c'était l'occasion d'en griller une tranquillement au soleil. Leur père consacra ses quelques vacances à l'amélioration de sa harde de chevreuils. Il éliminait les individus trop âgés afin d'allouer un espace forestier élargi aux jeunes têtes, plus fertiles et peu susceptibles d'engendrer des rejetons mal formés. Un travail d'épuration de la race, en somme. La propriété bénéficiait d'une autorisation préfectorale d'abattage sélectif hors période de chasse. Monsieur Királyi passait de longues heures tapi dans les fourrés jusqu'au crépuscule, à observer son gibier, accompagné un jour par Gábor, fasciné par la traque et la finesse des observations de son père, et le suivant par Christian, qui luttait contre le sommeil et des nuages de moucherons. Quatre mâles et deux femelles périrent cette saison de six coups de feu d'une précision implacable. Madame Királyi présida au dépeçage des bêtes, retrouvant les gestes qu'elle avait appris petite fille. Christian réprimait des nausées devant les mains rouges de sa mère, tandis que Gábor, hilare, tirait de toutes ses forces sur les peaux à arracher. Les crânes des mâles furent ensuite sciés en biais, mis à bouillir afin d'en éliminer les résidus de chair, puis fixés sur des rondelles de chêne. Le protocole macabre semblait sans fin à Christian, qui fut chargé de calligraphier à l'encre de Chine sur l'os blanchi les initiales du tireur, la date et le lieu de chasse. Aux visions sanglantes et à l'odeur fade des cadavres s'ajoutait la crainte de rater un délié ou de faire un pâté. Son père lui apprit que ce type de trophée se nommait un massacre.

– J'aurais pas trouvé mieux... grommela-t-il.

– Qu'est-ce que tu dis ?

– Rien, je dis que je ne savais pas.

Avec les années, les murs de la maison se couvrirent de têtes de cerfs, de crochets de chamois et d'un nombre déraisonnable de bois de chevreuils. Les garçons virent ainsi la propriété se transformer en Mayerling de deuxième catégorie, avec des portraits des aïeux de leur mère, retrouvés puis négociés à distance par des intermédiaires douteux, et rapportés roulés par leur père dans des sacs anonymes, à l'occasion de voyages de chasse en Tchécoslovaquie. On accrocha solennellement dans le salon deux toiles représentant les grands-parents paternels de madame Királyi, lacérées dans la région du cœur en 1920 par des paysans slovaques hostiles à l'aristocratie hongroise. Gábor aima toujours assez la mythologie familiale pour parvenir à se réconcilier avec ses parents. Christian refusait d'y croire, à chaque fois perplexe devant la disparition complète de la judéité dans ces récits.

La rentrée de septembre devait à nouveau séparer les frères. La faculté de Nanterre, à peine sortie des boues de son chantier, accueillerait Gábor, tandis que Christian retournerait seul au lycée, condamné à la compagnie exclusive de ses camarades de classe. L'aîné avait décidé de ne plus porter ses lunettes et remplacerait bientôt son Américaine par une étudiante en droit avec laquelle il sécherait ses travaux dirigés. Le cadet fréquenterait le ciné-club, où il tenterait de séduire une adhérente de son âge en lui montrant les affiches maniérées qu'on lui faisait dessiner pour annoncer les séances.

– Tu me donnes celle de *Nosferatu* ?

– Tiens, prends-la.

Il s'était penché pour l'embrasser, mais elle avait esquivé sa manœuvre et s'éloignait déjà en trottinant. À peine un geste de loin pour lui dire au revoir. Christian devint, à cet instant, avare de ses œuvres. Comme il négligeait volontairement les révisions, il produisit beaucoup de peinture. La plupart des tableaux firent un détour chez le psychologue perspicace, qui continuait de rassurer les parents sur la docilité à venir de l'adolescent.

– Dès qu'il se sera réalisé sur le plan sexuel...

Pressé d'en finir avec la rébellion et d'en faire un capitaine d'industrie, monsieur Királyi se mit un temps en quête d'une femme compréhensive et experte qui accepterait de déniaiser son fils, sans jamais songer à Odile, qui continuait sans entraves l'éducation érotique de Christian, de commentaire de texte en correction de version latine.

Cette année fut celle des premiers abandons. Les frères Királyi n'allaient plus à la messe. Seule leur mère fréquentait l'église du village proche de leur maison de campagne où les parents passaient tous les week-ends ; son mari se sentait désormais assez en sécurité en France pour se dispenser de contrefaire une foi qui ne l'avait jamais touché. Puisqu'ils aimaient si peu la nature, les frères furent autorisés à rester dans l'appartement de Neuilly sous le prétexte d'étudier, tandis que leur père maudissait intérieurement sa descendance ingrate en observant ses chevreuils à la jumelle. Gábor changea plusieurs fois d'étudiante en droit avant de trouver la bonne. Le lycée de filles voisin fournit à Christian une cinéphile avertie, qui pratiquait le baiser de cinéma avec une conviction désarmante. Les garçons passaient l'après-midi du dimanche chacun dans sa chambre avec sa chacune, à se bécoter sans fin, tentant d'entraîner sa belle vers des pratiques érotiques plus audacieuses que la main sous le pull ou le suçon propriétaire.

Gábor se casa avec la première à lui offrir son corps. Universitaire appliquée et jeune fille modèle, Marie refrénait autant de pulsions que sa jupe écossaise comptait de carreaux. Par crainte de ses propres élans, elle repoussait les tentatives de Gábor en rougissant, mais après des semaines de retenue, ce fut elle qui s'empara soudain de lui, le bascula, guida ses mains sous ses vêtements, dégrafant elle-même son corsage avant de le déshabiller d'un coup. Il se laissa faire, petit coq dépassé et ravi.

La Claudine de Christian avait les quinze ans coquins, et des parents protestants. Elle lui raconta sa religion, le temple, l'office, l'absence de la Vierge et de la confession, tout en se laissant caresser de plus en plus intimement. Il s'étonna de cette liturgie à la fois si cousine et si éloignée de celle qu'il avait célébrée à l'église, gagnant dimanche après dimanche du terrain libertin, jusqu'à lui prendre enfin sa virginité. Si Odile avait dégourdi Christian, elle ne lui avait rien enseigné de la contraception. Malgré ses retraits maîtrisés, Claudine eut un retard de règles qui laissa quelques jours les amants juvéniles terrifiés. L'alerte passée, ils sentirent leur histoire claudiquer ; dans son anxiété, Christian avait pris de la distance quand elle attendait de lui un surcroît d'amour. Ils se quitteraient en hiver.

En juin, Gábor échoua à ses examens. Christian fut admis en philo, pour préparer un bac littéraire ; sa stratégie avait abouti, Odile l'ayant par ailleurs aidé à remonter sa moyenne en français-latin, entre deux cabrioles printanières. Il n'avait pas seize ans qu'il était déjà polygame. Gábor fut recalé lors de la session de rattrapage de septembre et contraint de redoubler. Leur père les considérait comme des rejetons exogènes et rendait leur mère seule responsable de la dilution d'autorité qui allait faire la perte de la famille tout entière.

Un dimanche soir, laissant madame Királyi dans l'Oise pour surveiller des réparations de clôture, le père rentra seul, plus tôt qu'annoncé. Il découvrit ses fils attablés devant des assiettes de pâtes, en compagnie de Marie, dont les cernes sous les yeux trahissaient la passion des heures précédentes. Il s'assit à côté d'elle, sans la saluer, la regarda un long instant en silence, puis lui demanda d'un ton calme :

– Et, à part… « ça », vous faites quoi dans la vie, mademoiselle ?

Elle resta stoïque le temps que monsieur Királyi mangeât la portion de spaghettis tièdes que venait de lui servir Christian pour faire diversion, convaincue à jamais des avantages de l'amour l'après-midi.

Voisin de la faculté, le bidonville de Nanterre couvrait plusieurs hectares. Gábor et sa bande y faisaient des incursions régulières, stimulés par le frisson de la différence, cédant à une fascination morbide pour la misère, s'exposant à des dangers calculés. Gábor cherchait par ces descentes à éprouver la solidité de sa vocation journalistique. La population bigarrée des baraques tolérait ces visites, mais regimbait dès que les jeunes gens braquaient leurs appareils photographiques sur sa détresse. Ils déclenchaient à tout va avant de s'enfuir, se prenant pour des reporters en plein théâtre d'opérations.

Christian continuait de découvrir le monde au ciné-club. Kurosawa, Bunuel et Welles étaient ses maîtres, Chaplin et Keaton ses héros. Lorsqu'elle le quitta, Claudine cessa d'assister aux projections pour éviter de le croiser. Peu enclin à l'autocritique, il trouva cela dommage pour elle.

Les événements de mai 1968 provoquèrent chez les Királyi les dégâts d'une météorite dans un jardinet. Surprise et dévastation totales. Le père battit son jeune fils lycéen en grève – « Comment peux-tu être en grève ? L'école, ce n'est pas un travail ! » –, le fils rendit les coups, le père chercha un objet pour le frapper plus fort, la mère s'interposa, ils campèrent sur leurs positions des jours durant, chacun à une extrémité de l'appartement. L'aîné filait se faire peur aux manifestations du Quartier latin, dont il rapporta des clichés flous et sous-exposés. Paniqué, monsieur Királyi voyait ressurgir la menace communiste, et voulait personnellement casser la gueule à Cohn-Bendit, clamant partout qu'il était dangereux pour les juifs de se faire remarquer en période de troubles.

# 6

Interview de madame Királyi par Christian
cassette 1, face A
extrait

*Christian : Où es-tu quand la guerre commence ?*

*Madame Királyi : Qu'est-ce que tu appelles « la guerre commence » ? Ça, c'est très important. Parce qu'il y a tellement de manières de penser à la guerre... Pour moi, la guerre a commencé le jour qu'on m'a chassée du lycée, du* gymnasium, *et que je suis restée, par force. Alors là, pour moi, la guerre avait commencé.*

*C. : Tu es restée par force ? Où ?*

*M^me^ K. : Il y a eu une alarme et on a flanqué tous les juifs dehors du lycée. Tout le monde a dû aller dans la cour. On a demandé aux juifs de partir et, après un signal, on a ramené les non-juifs dans la classe, et moi, dans ma tête, j'étais catholique. Je savais que j'étais juive aussi, parce que papa me l'avait bien expliqué, mais pas à 100 %. Et je suis remontée dans ma classe. Je ne suis pas partie avec les autres. Personne ne m'a dit que je dois partir. Je suis remontée dans ma classe et sur mon banc était marqué avec une craie, en grand :* « Halb Jude, halb Christ, weiß Gott was du bist. » *Je suis rentrée, j'ai vu ça. La plupart des élèves n'avaient aucune idée sur ce que j'étais.*

*C. : À moitié juive, à moitié chrétienne, seul Dieu sait ce que tu es.*

*M*me *K. : Tu comprends encore un peu l'allemand ? C'est bien.*

*C. : Et c'est un élève qui avait marqué ça ?*

*M*me *K. : Je ne l'ai pas vu. C'était sur le banc quand je suis remontée. J'ai vu ça... et j'ai fait ça, oui ?* [elle fait le geste d'effacer de la manche] *C'était de la craie et je l'avais sur le bras... Personne ne m'a rien dit. Et j'ai continué mes études et jamais personne ne m'a interrogée.*

*C. : Dans ta famille, ton père vous a expliqué votre situation ?*

*M*me *K. : Quand j'avais onze ans, Papa s'est donné la peine de nous expliquer que nous sommes moitié-moitié et que ce n'est pas une honte. On n'a pas besoin de l'afficher, c'est tout. C'est ça qui m'a donné le courage d'essuyer mon banc. On doit se battre quand on est dans cette situation. Mais, de toute manière, il faut savoir ce qu'on est pour ne pas risquer de subir de mauvaises influences et de se tourner contre un juif, par exemple. Il nous a dit que si les enfants ne savent pas à 100 % quelle est leur propre situation, quelqu'un va le leur cracher à la figure un de ces quatre matins.*

*C. : Ta mère s'était convertie, tu m'as expliqué...*

*M*me *K. : Sous l'influence de sa nurse.*

*C. : Donc c'était une question de foi.*

*M*me *K. : Oui, c'est ça, de foi.*

*C. : Et ses parents à elle étaient juifs ?*
*M^me^ K. : Ses parents étaient juifs. Oui, oui.*

*C. : Pratiquants ?*
*Mme K. : Non, absolument pas. L'odeur de la synagogue, ils ne la connaissaient pas.*

*C. : Tes grands-parents étaient nobles ?*
*Mme K. : Ils étaient barons.*

*C. : Ça veut dire, c'est intéressant, que du côté de ton ascendance juive à toi, comme du côté de celle de papa, on est juif, mais on n'est pas très content d'être juif ?*
*Mme K. : Non.*

*C. : Pourquoi ?*
*Mme K. : Le père de papa, je veux dire le père de ton père, je ne crois pas qu'il aurait voulu changer de religion, mais je ne pense pas qu'il passait son temps à la synagogue. Mais ça n'exclut pas qu'il y allait. On n'en a pas tellement parlé. Ton père n'a pas osé lui dire qu'il s'était converti. De toute manière, à cette époque-là, d'être sans religion, ce n'était pas la solution non plus. Alors, comme le milieu qu'ils fréquentaient, qu'ils désiraient fréquenter, leurs amis étaient tous catholiques... Je ne dis pas que c'est la grande foi qui a poussé papa – ton père –, mais je ne pense pas que c'était pour échapper à quoi que ce soit, parce qu'il savait très bien qu'il n'y échapperait pas.*

# 7

Les Rouges ne prirent pas le pouvoir en France en 1968, on ne déporta aucun juif, et Christian fut reçu au millésime le plus dévalorisé du bac depuis la guerre. Lorsqu'il découvrit la faculté de Nanterre et ses murs recouverts d'affiches et de graffitis, il sut tout de suite qu'il ne passerait que très peu de temps dans les amphithéâtres. Inscrit en lettres pour complaire à ses parents qui avaient refusé qu'il présentât le concours des Beaux-Arts, il serait un peintre autodidacte, bien décidé à se jeter au plus tôt dans la vie active et la création débridée. Odile n'assurait plus son instruction particulière, il traîna beaucoup au Quartier latin avec Gábor, qui n'était pas plus assidu que l'année précédente, et fut définitivement adopté par les copains de son grand frère. Ils mangeaient pour quelques francs au restaurant chinois, passaient les après-midi dans les cinémas d'art et d'essai, discutaient des films jusqu'à l'heure du dîner en famille.

Gábor tomba amoureux, remplaça sa Marie par une Françoise et déserta quelquefois le groupe ; Christian conquit à son propre étonnement une jeune Dominique, qui avait suscité depuis deux ans les convoitises et les frustrations de bon nombre de garçons du lycée. Fier de l'avoir soufflée aux autres, ému de l'effet qu'il lui faisait, il vainquit sa répugnance à se défaire de ses œuvres et lui donna une gouache vigoureuse de sa période « entrelacs de membres humains ». Elle vivait enchâssée entre une mère sévère, un beau-père réactionnaire et un grand frère condescendant. Plus mignonne que jolie, elle s'était rendue désirable en restant inaccessible. Pourquoi le choisit-elle, lui qui n'était ni le plus beau, ni le plus fortuné, ni même le plus facile à vivre ? Christian cultivait sa rébellion jusque dans sa mise, dandy aux cheveux trop longs pour sa famille, trop courts pour sa mise de peintre, lunettes cerclées, bottes cavalières, foulard de soie et redingote noire. Il incarnait la transgression dont elle se sentait incapable ; elle décida de lui offrir sa fleur.

Mais elle ne voulait devenir femme ni dans sa chambre de petite fille, entre ses peluches et ses draps roses, ni dans l'appartement des Királyi où elle craignait le voisinage sarcastique de Gábor. Ils avaient choisi un petit hôtel de Saint-Germain-des-Prés au concierge pas trop inquisiteur, et Christian l'attendait sur le boulevard, un mercredi après-midi, considérant avec sérieux des toiles de Vasarely dans la galerie Denise René. Un jeune homme s'approcha dont le reflet dans la vitrine lui parut familier.

– Királyi ?

– Thibert ? répondit Christian après une brève hésitation.

C'était bien lui, c'était bien eux.

– Ça fait combien de siècles, déjà ?

Pierre Thibert avait perdu depuis longtemps la perruque de fille et le bouquet de fleurs de la fête de fin d'année, tout comme son statut de meilleur élève de la classe. Il avait interrompu ses études avant le bac et s'était présenté en candidat libre au concours des Beaux-Arts, où il étudiait depuis un an.

– Putain, la chance… murmura Christian.

Ils échangèrent leurs adresses ; Pierre Thibert vivait dans un studio dont il payait lui-même le loyer. En marge de ses cours, il réalisait des travaux de mise en couleurs pour une société de production de films d'animation, et il promit d'aider Christian à trouver des petits boulots.

– Sympa, merci.

Il y eut un silence.

– Et Yvon, tu ne saurais pas ce qu'il est devenu, par hasard ?

– Aucune idée… Mais c'était ton grand copain à toi, non ?

Dominique arriva en courant et se jeta dans les bras de Christian, le visage couvert de larmes. Pierre Thibert s'écarta, gêné.

– On s'appelle ! cria-t-il de loin.

Elle sortait d'une longue mise en garde de son beau-père : « Les Királyi sont juifs. » En avait-elle conscience, petite fille protégée de Neuilly ?

– Oui, non, je ne sais pas. Et qu'est-ce que ça change ? lui avait-elle rétorqué, sincère.

– Tu es sur le point de donner beaucoup de toi à quelqu'un qui… qui est différent, différent de nous, de ce que tu es. Et je ne voudrais pas que ma belle-fille…

– Qu'est-ce que je vais lui donner ? Qu'est-ce

que vous en savez ? l'interrompit-elle en criant.

– Ta mère a lu ses lettres.

– C'est quoi, exactement, un juif, Christian ? Dis-moi, je t'en supplie...

Il ne répondit pas. Il n'en savait rien. Elle sanglotait, roulée en boule sur le lit des voluptés promises. Il lui caressa les cheveux, elle se blottit contre lui. Le désir s'était enfui. Elle pleura jusqu'à la tombée du jour. Ils rendirent la chambre, le cœur gourd.

– Je vais lui parler, à ce salaud !

– Demain, s'il te plaît. Je suis épuisée.

Christian consacra une nuit à élaborer sa diatribe. Les mots lui tournaient dans la tête. Qu'est-ce qui le désignait comme juif ? Comment pouvait-on lui attribuer une appartenance dont il ignorait tout, culture, traditions, religion ? Et, encore une fois, d'où ses détracteurs tiraient-ils leurs informations sur ses origines ? Vers trois heures du matin, il en était à étudier son profil et sa coiffure dans un miroir. Il n'avait pas le nez crochu ni les cheveux si noirs ou très bouclés. Il devait exister d'autres signes qu'on lui avait dissimulés et qui le trahissaient. Mais lesquels ? Ses mains, son teint ? Pas ses yeux verts, tout de même ? Gábor et lui se ressemblaient beaucoup, et jamais personne ne l'avait traité de juif.

– Mon odeur, alors ? dit-il à haute voix.

Il renifla ses aisselles et n'y trouva que la trace de l'eau de toilette de son grand frère, qu'il utilisait en douce les jours de rendez-vous avec les filles.

Il se présenta chez Dominique à l'heure du déjeuner, manquant de sommeil, le regard fiévreux de colère, traversé d'une sourde angoisse. Il venait affronter un adversaire bien plus intimidant qu'Yvon dans la cour de récré, un adulte, cauteleux et expérimenté. Christian n'eut pas la possibilité d'exposer ses griefs. Le beau-père pérora longuement et sans le laisser prendre la parole ; lui aussi avait préparé ses arguments. Il y était question de respect, de différence, de nation française, de la guerre, de la Résistance, du Christ, de l'éducation bourgeoise et de la tradition républicaine. Christian fut noyé par le discours de cet homme qui regrettait l'ampleur qu'avait prise l'incident et cherchait à esquiver le vrai débat.

– Très sincèrement, mon cher Christian, dit-il en conclusion, je ne suis pas antisémite. D'ailleurs, j'avais un ami juif, et même, il était très intelligent.

Christian ressortit de l'entretien hébété, frustré, avec la sensation confuse de s'être fait rouler. Dominique fit mine de ne pas tenir compte des avertissements de son beau-père et continua de fréquenter Christian. Ils ne firent cependant jamais l'amour et se séparèrent sans déchirement quelques semaines plus tard. Ni elle ni lui ne savaient ce qu'on reprochait aux juifs ; elle ne put toutefois le considérer sans une vague réserve après cette péripétie. Il résolut de se documenter au plus tôt et se retourna vers son frère, comme au temps où Super Gypsy révélait à Super Hébreu les secrets du mot « enculé ».

– T'as pas fini de nous faire chier avec tes histoires de youpins ? dit Gábor avec un large sourire.

Décidément, l'identité juive ne courait pas derrière tout le monde à la même vitesse. Le grand frère ne connaissait que quelques blagues mettant en scène Abraham, Salomon, Rachel et Sarah, tous radins ou rabbins, qu'il ne distinguait pas bien des histoires écossaises. Il aimait mieux les histoires grivoises et ne boudait pas les chansons paillardes lorsqu'il avait trop bu. Son goût pour le vin s'affinait malgré les cuites régulières qu'il prenait avec sa bande, chacune plus mémorable que la précédente. Il tenta d'entraîner Christian dans ces libations furieuses, mais celui-ci dédaignait l'alcool et préférait le haschich, ses langueurs et ses fous rires. Il fut longtemps tenté par des psychotropes plus radicaux, mais s'en tint prudemment à ses joints et ses shiloms, craignant un voyage intérieur trop mouvementé, angoissé à l'idée de n'en pas revenir.

Pierre Thibert n'oublia pas sa promesse. Il présenta Christian à ses employeurs, qui lui confièrent des travaux de traçage de personnages sur cellulos, après un essai exécuté sur-le-champ. Il travailla quelques mois à mi-temps dans un atelier d'artisan du treizième arrondissement reconverti en studio d'animation et découvrit en même temps la vie active, l'amitié des adultes et l'autre moitié de Paris. Il déjeunait avec ses confrères dans des bistrots sonores et enfumés, goûta une cuisine populaire française inconnue de ses parents, aima les filets de hareng mariné, ne put avaler les tripes, s'empiffra de blanquette de veau. Il filait ensuite rejoindre Gábor et les autres. Bien qu'il fût le plus jeune, il était le seul à disposer de revenus et traitait tout le monde avec une générosité de petit prince. Il peignait de moins en moins, remettait à plus tard l'exécution du triptyque à la gloire de Jimi Hendrix dont il avait la composition et les couleurs en tête, arguant que les œuvres doivent mûrir avant d'éclore, toujours trop fatigué par le travail du matin ou trop pressé par un rendez-vous avec une fille, comblé par le peu d'argent qu'il gagnait et qui lui valait une popularité inespérée, compromis, en somme.

Gábor regardait vibrionner son frère avec tendresse, gêné par ses largesses, mais heureux de la bière ou de la séance de cinéma supplémentaire qu'elles lui procuraient. S'il désertait souvent les cours, il ne photographiait pas beaucoup non plus. Son penchant pour les couchers de soleil et les portraits de petites amies rendait évidente la frivolité de sa vocation. Pour conserver les subsides familiaux, il lui fallait rester étudiant le plus longtemps possible. Il hésita entre deux stratégies : la réussite aux examens, ouvrant sur des cycles universitaires interminables, ou la gestion raisonnée du redoublement. La seconde retint ses faveurs. Dans tous les cas, il serait obligé de passer en deuxième année l'été suivant. Il reprit le chemin de Nanterre.

L'assiduité nouvelle de Gábor fut vite remarquée par les parents. Elle mit en lumière l'absentéisme de Christian, qui avait trahi l'accord passé avec son père : licence de lettres contre liberté de peindre. La guerre recommença. Le fils manquait d'arguments. Il avait aussi dénoncé l'engagement pris envers lui-même, puisque ses pinceaux étaient demeurés secs depuis qu'il bricolait dans l'animation. Il n'y eut pas de coups, juste des menaces. Monsieur Királyi n'entendait pas la société française autour de lui, bruissante de l'émancipation des jeunes, et ne voyait pas grandir ses enfants. Il les considérait encore comme des gamins, fragiles, irresponsables et inconscients, qu'une bonne correction remettrait toujours dans le droit chemin.

– Quand j'avais votre âge, je devais marcher deux kilomètres dans la neige jusqu'à la gare avant de prendre le train pour aller étudier.

– C'est le climat que tu regrettes, ou l'absence de transports en commun ?

Christian se figea, surpris lui-même de la repartie qui venait de lui échapper. Il se mit à trembler, prêt au pire.

Le pire ne se produisit pas.

– Marche dehors !

En éducation hongroise courante, cela signifiait : « Va dans ta chambre et restes-y jusqu'à nouvel ordre. » Soulagé d'éviter un affrontement physique, Christian obtempéra en silence et rage contenue. Il ouvrit son carton à dessins, fébrile, en tira une feuille vierge de format raisin, trempa une plume dans de l'encre de Chine rouge, laissa sa main vibrer du reste de sa terreur au-dessus du papier. Un gribouillage commença de se former, s'étendit, incontrôlé, bientôt frénétique, qui couvrit le blanc du vélin. Christian plongea sans l'essuyer la plume dans le flacon de jaune, recommença. Avec du bleu, avec du noir. Il se violentait mentalement pour maintenir la convulsion. L'encre gouttait par endroits en taches de couleurs étoilées qui se rejoignaient pour créer des motifs plus complexes. Christian s'interrompit, hors d'haleine, scruta les tortillons, les stries, les éclats, les bavures. Des figures lui apparurent. Il reprit son ouvrage fiévreux et se mit à révéler au pinceau des visages grimaçants sur des corps désarticulés.

Il était tassé sur son lit, les yeux rivés sur son tableau punaisé au mur, lorsque sa mère vint en ambassade. Elle s'assit près de lui et prit un long temps avant de parler, le regard perdu dans les entrelacs du dessin face à eux. Le père ne supportait plus la cohabitation avec son jeune fils, il se désolait de son attitude désinvolte, de ses reniements, de son arrogance, de ses cheveux longs. Il ne voulait plus risquer de le frapper, de passer auprès de quiconque pour un tortionnaire, un autocrate, un rétrograde. Il lui restait encore de belles années, et il souhaitait les consacrer à ceux qui l'acceptaient comme il était, sa femme, les amis de son cercle, son autre fils peut-être, ses chevreuils. Il avait assez souffert avant et pendant la guerre pour refuser de comprendre les aspirations du gosse surprotégé qu'il avait fait de Christian. Par maladresse, pour son bien, on fait ce qu'on peut, mais voilà... Alors, puisqu'il n'était pas le salaud que Christian voyait en lui, il avait décidé de lui permettre de vivre ailleurs que sous le toit familial. Sous conditions, cependant. Monsieur Királyi achèterait un studio dans les environs, où on l'installerait. Il n'avait pas confiance en son fils et préférait le voir faire ses conneries sur son territoire plutôt que chez un propriétaire anonyme, dans un taudis insalubre situé dans un quartier infréquentable à l'autre bout de Paris.

Et puisqu'il affichait un tel goût pour la vie active, Christian lui verserait chaque mois en espèces un loyer correspondant à la valeur réelle de son logement.

Un lourd silence s'ensuivit. Ainsi, sur une simple réplique, il venait d'obtenir la liberté – surveillée – qu'il n'avait pas osé négocier jusqu'alors, à chaque fois terrifié par l'impossible entretien.

– Il est joli ton dessin, dit maman, histoire de dire.

– Tu crois ?

– Alors ?

– C'est d'accord, bien sûr, dit Christian qui rêvait déjà à son palais de vingt-cinq mètres carrés.

Père et fils se mirent à lire les annonces du *Figaro,* visitèrent studios, studettes et chambres de bonne, mais jamais ensemble ; Christian s'y rendait dans la journée avec sa mère et monsieur Királyi le soir, si les échos transmis par madame étaient favorables. Et comme le père avait le sens de l'argent et n'était pas prêt à acquérir n'importe quel bien pour se débarrasser au plus vite de son rejeton, l'opération prit plus de temps que n'en prévoyait l'impatience de son fils. Toutefois, la trêve dura, et l'appartement de Neuilly connut une de ses périodes les plus paisibles depuis des années. À donner envie à la mère de ne jamais trouver la garçonnière idéale, pour conserver tous ses hommes auprès d'elle.

Elle la dénicha pourtant, au sixième étage d'un immeuble de brique, à dix arrêts d'autobus de chez elle. Plein sud, sur une cour calme, avec le téléphone. À cette époque, à Paris, il fallait attendre jusqu'à deux ans pour obtenir une ligne, et elles se négociaient à prix d'or lors des reventes d'appartements. Celle-ci était offerte, ce qui emporta la décision d'achat, malgré les lourds travaux de rafraîchissement qu'imposait la vétusté du lieu. Christian dut choisir la peinture des murs, agencer la salle de bains, déterminer la place et le nombre des prises électriques. Son père passait sur le chantier après lui, corrigeait un détail, changeait un accessoire, fit poser de la moquette sur le plancher, trop sonore selon lui. À son fils qui râlait, maman répondit que ce n'était pas lui qui payait. Il mesura les limites de son indépendance, mais la perspective du départ valait de contenir ses protestations.

Christian déménagea en petite pompe, valise par valise, carton par carton, à mesure que s'achevaient les réfections de son studio. Il s'y retrouva seul un soir prêt à y passer sa première nuit. L'instant n'eut pas la solennité qu'il avait imaginée, il n'y eut en réalité pas d'instant particulier. Il n'habitait plus chez ses parents, c'était tout. Il arpenta son minuscule couloir comme un roitelet sa galerie des Glaces, combattit l'odeur de peinture en fumant cigarette sur cigarette, mangea sans appétit une boîte de sardines, téléphona pour inviter tous ses potes qui étaient tous retenus dans leurs familles. Il eut alors besoin d'éprouver les avantages du logement personnel en se masturbant debout au milieu de sa pièce unique, la lumière allumée devant sa fenêtre sans vis-à-vis. Sa nouvelle demeure était baptisée. Il s'endormit le cœur serré, étonné, fier et angoissé d'être, parmi ses amis, le premier et le seul à vivre seul.

Gábor était vaguement jaloux de Christian, plus par principe que par envie, mais pas encore très chaud à l'idée de devoir remplir lui-même son réfrigérateur. Il réintégra leur ancienne chambre, plus vaste que la sienne, et comprit qu'il s'était dupé lui-même quelques années plus tôt en choisissant de la quitter. Pour faire bonne mesure, les parents offrirent de la retapisser ; il opta pour une toile de jute vert épinard qu'il regretta le temps qu'il y vécut.

Sans le révolté, la vie de famille devint terne. Gábor prétextait des nocturnes à la bibliothèque Sainte-Geneviève pour ne pas dîner en famille, père et mère se retrouvaient face à face dans une salle à manger calme où la télévision vint apporter l'animation qui manquait à la conversation. Monsieur Királyi avait tenu à ce que Christian conservât une clé de l'appartement, pour bien lui signifier qu'il ne l'avait pas chassé. Une fois par mois, le jeune fils était invité, pour ne pas dire convoqué, à y passer la soirée, et les visites commençaient toutes par la même interrogation irrépressible de son père :

– D'où viens-tu ?

– Je... J'étais à la production, on a une charrette.

Christian répondit toujours, malgré l'absurdité de la démarche. Vingt-neuf jours de liberté totale et un soir de comptes à rendre. L'emprise paternelle, sa terrible autorité avaient conditionné à jamais les garçons. Au début de ses études universitaires, Gábor avait été le premier à rentrer sans prévenir, bien après le repas et l'extinction des feux ; il s'était trouvé nez à nez avec le Commandeur en embuscade dans l'obscurité près de la porte d'entrée.

– C'est à cette heure-ci que tu rentres ?

Répondre « Oui » était de l'insolence, « Non » de l'arrogance. Se taire provoqua la répétition de l'impossible question.

– C'est à cette heure-ci que tu rentres ?

Nouveau silence. La sanction tomba.

– Marche dehors ! Tu es privé d'argent de poche.

Propriétaire vétilleux du studio de Christian, monsieur Királyi réclamait les loyers impayés par des correspondances formelles émanant de son bureau. Christian avait un jour rédigé une réponse dactylographiée dans laquelle il s'excusait en termes ampoulés du retard de ses versements, le priait de trouver un chèque ci-joint et signait d'un nom de secrétaire inventé : Sigismund von Apfelstrudel. Décachetée avec le courrier du matin, la lettre avait abouti dans le parapheur de maroquin bordeaux, entre une facture et un contrat, découverte par un monsieur Királyi estomaqué de tant d'insolence, qui préféra en sourire devant le visage empourpré de son assistante se retenant de pouffer.

Le studio profita aux deux frères. Tandis que le cadet apprenait à peindre les cellulos dans l'espoir d'un emploi à plein-temps, l'aîné y emmenait sa Françoise. Ces après-midi de semaine, ajoutées à l'habituelle du dimanche, donnèrent à leur vie sexuelle des cadences adultes. Christian laissait sa clé sous le paillasson en partant le matin et la retrouvait le soir en rentrant après le départ des tourtereaux. Le réfrigérateur était encombré des bières de Gábor, les cendriers débordaient de blondes à moitié fumées, les disques s'empilaient hors de leurs pochettes, vinyle contre vinyle, et craquaient de plus en plus. Christian dormait dans le parfum capiteux de Françoise mêlé de la transpiration de son frangin, à la fois troublé et indisposé par cette promiscuité à distance. Il se tut longtemps, mais finit par exploser lorsqu'une de ses propres conquêtes, incommodée par la senteur de cette autre qui ne pouvait être qu'une rivale, refusa de le suivre dans son lit. Les frères mirent au point un arrangement draconien qui imposait une rotation des draps entre le jour et la nuit, le vidage des mégots, l'aération de la chambre, le rangement des 33 tours et le maintien d'une clayette libre dans le frigo, toutes charges incombant à Gábor ; le contrat dura ce que dura son amour pour Françoise.

Christian fut engagé comme traceur-gouacheur pour une série de films pédagogiques sur la sécurité routière. La production devait se prolonger durant plusieurs mois et il n'était plus question de mi-temps. Le réalisateur américain, qui avait travaillé à Hollywood, envisageait les méthodes françaises avec condescendance. Il n'aimait pas pour autant Walt Disney et tenait *La Bergère et le Ramoneur* de Paul Grimault pour un chef-d'œuvre insurpassable, ce qui, affirmait-il, l'avait incité à venir vivre à Paris. Mais il trouvait l'artisanat inefficace et voulut modifier l'organisation des équipes en segmentant les tâches. Plus ingénu que ses collègues, Christian fut impressionné par son assurance, ses anecdotes californiennes et sa cinéphilie tapageuse. John Newman ne détesta pas être admiré plutôt que craint et s'enticha du garçon. Il lui fit découvrir Montparnasse, la Coupole et ses bandes de théâtreux exubérants soupant après le spectacle, le Sélect où artistes et expatriés francophiles gravitaient autour de verres de muscadet, le Rosebud où les plus robustes mangeaient du *chili con carne* jusqu'à l'aube en repensant l'art.

Cette fois, ce fut Christian qui s'éloigna de son frère. Les grandes personnes qu'il fréquentait étaient des adultes accomplis, avaient de vrais appartements, de vrais métiers, une véritable vision de l'existence. Gábor mit cet abandon sur le compte d'une crise de grosse tête, s'interdit de regretter les prodigalités du petit et se replia sur sa bande. De toute façon, Christian était devenu trop sérieux, trop imbu de son métier, trop chiant.

– Il n'y a pas que l'art dans la vie, merde ! Il y a aussi l'art de vivre ! pérora Gábor.

Applaudissements des copains solidaires. Ce fut le temps où le penchant pour le vin de la bande à Gábor tourna à la curiosité, puis à l'apprentissage œnologique ; ils cessèrent de lever le coude à tout bout de comptoir et se mirent à étudier, à choisir, à comparer. Ils découvrirent que le bordeaux classé, seul à être servi aux tables bourgeoises de leurs parents, n'était pas l'unique terroir digne de leurs palais. Bourgogne, loire, côtes-du-rhône, ils s'encanaillèrent. Syrah, grenache, mourvèdre, les noms de cépages sonnaient comme des invitations au voyage. Ils ne manquaient cependant pas de répondre régulièrement à l'appel de la biture, lancé du fond de restaurants en sous-sol de l'île Saint-Louis, qui proposaient des menus avec hors-d'œuvre et piquette à volonté. Christian suivit une fois son frère dans ces caves à gogos et en ressortit consterné après une bataille de boulettes de pain et de crème dessert. La conversation éclairée de son réalisateur était selon lui un mode d'évasion plus valorisant. Gábor avait raison, son petit frère était devenu hautain.

La sécurité routière n'est pas *Le Voyage au bout de la nuit,* et John Newman n'était pas Tex Avery. Mais Christian rejetait ce constat d'un haussement d'épaules entendu, car seuls les envieux pouvaient refuser de voir le talent qui se déployait dans les petits films auxquels il collaborait. La pédagogie n'était qu'un prétexte à expérimentation.

– Newman fait ça en attendant de monter son prochain long-métrage, une adaptation de Proust en dessins animés, inspirée des gravures de *L'Illustration.*

– J'ai regardé dans un dictionnaire de cinéma, dit Gábor. Ce n'est pas son prochain long-métrage, c'est son premier. Jusqu'à présent, il a surtout été assistant chez Disney.

– Qu'est-ce que vous pouvez être fouille-merde, les étudiants !

Christian refusait de voir la morgue de son mentor, restait sourd aux sollicitations syndicales de l'équipe, usée par les heures supplémentaires impayées et les changements de cap de l'Américain. Il n'avait que dix-sept ans et travaillait pour le plaisir.

Au tout début d'avril, Newman lui demanda :
– Qu'est-ce que tu fais pour *Pessah* ?

# 8

– *Pessah* ?

– Oui, Pâque, *Passover, Pessah.* Je n'ai pas prononcé correctement ?

– Ben... Je vais à la campagne, ce week-end, chez mes parents.

– *Very funny.* Non, jeudi soir, tu as un *séder* ?

– Oui, oui, bien sûr...

En rentrant dans son studio, Christian se scruta à nouveau dans la glace. Son profil n'avait pas évolué, ses cheveux ne bouclaient toujours pas. Ce qui avait changé, c'était le ton, la bienveillance de la désignation. Pour Newman, cette identification marquait une connivence, une proximité. Ce ne serait pas forcément si mal, d'être juif ?

– T'as vu ta gueule, Super Hébreu ? T'as bredouillé, tu sais rien, t'es nul.

Christian s'admonestait dans le miroir. Un *séder,* quèsaco ? Où se renseigner ? Et pourquoi ? Il n'avait rien demandé, cela ne le regardait pas.

---

1. Repas de fête familial et cérémonial privé de la première nuit de Pâque, commémorant la sortie d'Égypte des juifs.

Samedi, il irait dîner dans l'Oise, manger le pain au lait et le jambon traditionnels chez les Királyi. Pas très kasher, le jambon. Il connaissait au moins cela, le mot « kasher » et l'interdiction de la viande de porc. D'où tenait-il ces informations ? Il était trop fébrile pour parvenir à se le rappeler. Certainement d'une blague juive, ou d'un film. Et puis, merde ! Il dormit mal et, les jours suivants, fit comme si de rien, à chaque fois qu'il croisa Newman.

Pâques était, après Noël, la deuxième fête fondatrice de la famille, que nul n'aurait songé à manquer, même au plus fort des guerres paterno-filiales. Maman colorait des œufs durs à l'aide de teintures allemandes achetées dans une épicerie spécialisée et, au cours du repas, tous s'opposaient dans des duels, pointe contre pointe, dont l'issue produisait un perdant, l'œuf brisé mangé par son détenteur, et un vainqueur qui affrontait le challenger suivant. Les garçons avaient toujours raffolé de cette tradition qui voyait l'un gavé et l'autre léger, selon la résistance de l'œuf choisi et l'habileté de son propriétaire. Ils se livrèrent au fil des années à des spéculations sans fin sur la couleur – le violet, le vert ? – et la forme particulière du champion imbattable. L'angle d'attaque, la vitesse du coup, la stratégie furent abondamment théorisés ; aucune hypothèse ne fut jamais vérifiée. Le dimanche était banalement consacré, dès le retour de la messe, à la recherche des friandises cachées par le Petit Lapin. Depuis que les Királyi mâles avaient déserté l'Église, le rongeur pascal avait cessé de venir.

Le lundi à Paris, Christian se lança.

– Comment as-tu su que j'étais juif ?

– *I don't know.* Ça se sent... Et puis quand j'utilise des mots yiddish, tu as l'air de comprendre, *right*?

– Je croyais que c'était de l'allemand. Je n'ai pas tout compris.

– Mais tu es juif, oui ou non ?

– Plutôt, mais pas tant que ça, mais assez quand même... Enfin pas mal... Je ne sais pas.

– Ça, ce n'est pas possible, de ne pas savoir. Tu es circoncis ?

– Je crois...

– Tu crois ?

On y était. Newman était natif de Brooklyn et approchait les trente-cinq ans. Pour lui, ignorer si on était juif relevait de la science-fiction. Christian venait de lui montrer les limites de sa compréhension de l'Europe et de tempérer sa francophilie. John était né dans une nation où les identités s'affirmaient même lorsqu'elles étaient socialement invalidantes, puisqu'un métis restait inexorablement un Noir sous le regard des Blancs. Il n'érigeait pas les États-Unis en modèle, admettait qu'il valait mieux y être n'importe quoi plutôt qu'Indien, mais en tant que juif du monde, il regrettait de découvrir que, au pays dit des Lumières, certains des siens portaient en eux la honte de soi. Tout en l'écoutant, Christian se demandait à quoi ressemblait un pénis circoncis ; pour ce qui était du prépuce, il n'avait qu'un vague souvenir de son zizi d'avant l'opération qui aurait dû le faire pisser droit et n'avait jamais tenté de concours de bite avec son frère, de crainte qu'il existât un lien entre la taille des hommes et la dimension de leur sexe. Devait-il suggérer à Newman de comparer les leurs pour connaître son état réel ? Christian resta avec ses interrogations phalliques sous le bras, évoqua avec réticence ses années de catéchisme pour expliquer son ignorance judaïque et attendit une sentence.

– Mon pauvre vieux...

– Oui ? murmura Christian avec crainte.

– Je vais t'apprendre deux ou trois choses.

Enfin ! Une exaltation imprévue submergea Christian.

– On va au bistrot.

Newman l'emmena au Sélect où se traitaient, selon son fantasme montparno, toutes les affaires importantes. Il lui décrivit la judaïté comme une appartenance qui dépassait les individus, une chaîne de solidarité qui lui vaudrait assistance et secours partout où il irait, pourvu qu'il se fît connaître.

– Ne laisse à personne le soin de dire si tu es juif ou pas.

Il l'était, d'évidence, par son questionnement, sa personnalité, ce qu'il venait de lui raconter des bribes d'histoire familiale qu'on lui avait transmises : des silences et des morts. Il l'était parce que Newman l'avait reconnu.

– Mais j'ai une éducation catholique...

– *Who cares* ? Moi non plus, je ne suis pas religieux. Juste nostalgique, comme toi avec Noël et Pâques. On reste les enfants qu'on a été, *my boy*. Tu aimes le paprika et moi les *krèplèh*[1]...

1. Petites crêpes fourrées, carrées ou triangulaires, pas très éloignées des raviolis italiens, qui contiennent de la viande hachée ou du fromage et sont généralement servies dans le bouillon.

Le fantôme d'Yvon passa sur leur table alors qu'ils commandaient une troisième tournée de cafés et s'enfuit, écœuré de tant de cordialité. Newman lui décrivit rapidement les principales fêtes traditionnelles et leur signification.

– L'année prochaine, si je suis à Paris, tu viendras passer le *séder*[1] avec moi, O.K. ?

Ils topèrent. Christian se sentait chavirer.

– Je vais te raconter un truc, tu vas comprendre, dit Newman. C'est une histoire qu'on peut adapter à tous les pays et à toutes les époques. Voilà : c'est un juif et un goy – c'est le mot hébreu pour dire non-juif – qui bavardent au restaurant et le juif est très inquiet. Il dit qu'il sent que l'antisémitisme revient, et qu'il ne va pas attendre sans rien faire, et qu'il va émigrer avant qu'il soit trop tard. Alors le goy lui répond que la guerre est finie depuis longtemps, que les collabos ont été jugés, que la France est une démocratie et qu'il n'a rien à craindre. Le juif dit : « Si demain, tu apprenais qu'on va supprimer le droit de vote aux juifs et aux coiffeurs, qu'est-ce que tu dirais ? »

Christian demanda spontanément :

– Pourquoi les coiffeurs ?

– Normalement, c'est le goy qui répond ça. Bon, je finis. Alors, le juif lui dit : « C'est pour ça que je pars. » *You get it* ?

Christian grimaça. Newman lui tapa affectueusement sur l'épaule en ajoutant que le jour où il arriverait à faire rire quelqu'un avec cette histoire, il serait juif de plein droit, religieux ou non.

---

1. Repas de fête familial et cérémonial privé de la première nuit de Pâque, commémorant la sortie d'Égypte des juifs.

Le même soir, Gábor et sa bande avaient décidé de s'offrir leur première grande bouteille dans un restaurant voisin de l'École militaire. Ils avaient économisé leur argent de poche depuis des semaines. Réputé adroit en affaires, Gábor avait reçu de Gégé, Bernard et Jipé la charge de gérer le portefeuille commun. Empotés autour d'une table ronde, cravatés pour la circonstance, les quatre fidèles étaient impressionnés par le décor suranné, la longueur de la carte des vins et la moue hautaine du sommelier. Après de longues hésitations qui avaient eu raison de la patience de l'expert, ils commandèrent un Chambolle-Musigny d'un prix intimidant, qui arriva couché dans un panier allongé, le col entouré d'une serviette blanche. Jipé fut chargé de goûter. Il n'en était pas tout à fait certain, mais le vin lui parut légèrement bouchonné.

– Impossible, répondit l'homme à la grappe.

Le verre passa entre les mains de Gégé qui confirma.

– Vous permettez, monsieur ?

Le sommelier prit le verre, le renifla.

– Au nez, peut-être, mais je suis persuadé qu'au palais...

Bernard et Gábor prirent chacun une petite gorgée.

– Confirmé ! dit Bernard.

– C'est même criant, dit Gábor pour déstabiliser le professionnel. Goûtez vous-même.

Il refusa. Le ton monta entre jeunes clients et personnel qualifié. On demanda l'arbitrage du patron qui intervint de mauvaise grâce, se servit un fond de verre, et contredit instantanément son employé. Les copains saluèrent leur première victoire œnologique par des cris de joie. On les pria de quitter l'établissement sans faire de scandale. Ils se retrouvèrent sur le trottoir, à la fois déçus et pris de fou rire. Comment dépenser l'argent rassemblé dans la poche de Gábor ?

– Si on allait aux putes ? proposa le trésorier.

Approbation des copains enthousiastes. Gábor était un leader.

Pendant ce temps, Newman emmenait Christian rue des Rosiers, au cœur du vieux quartier juif de Paris. Des barbus à papillotes palabraient sur la chaussée en redingotes et larges chapeaux noirs. Appelés par leurs mères penchées aux fenêtres des étages, quelques gamins coiffés de kippas poursuivaient des filles en chaussettes. Des femmes en fichu entraient et sortaient du hammam, l'air pressé. Christian se sentait en terre étrangère entre les caractères hébraïques des enseignes et les étoiles de David peintes sur les vitrines. Ils s'attablèrent chez Goldenberg. Sur tous les murs, des toiles naïves noircies de fumée représentaient des hassidim en prière, à l'étude, en train de danser. Newman commanda deux carpes farcies – « Tu vas voir, *delicious* ! » – et une bouteille de vin hongrois.

– *Egri bikavér,* « le sang de taureau », c'est de ton pays.

– Tu sais, mon pays, c'est surtout la France. La Hongrie, ce n'est même pas vraiment celui de mes parents...

Newman voulut lui servir un verre pour célébrer ses retrouvailles avec la judaïté.

– Non merci, je préfère de l'eau.

– Alors, je boirai pour toi.

Il tint sa promesse et picola pour deux. Luttant pour faire honneur à son plat, Christian s'efforça d'oublier le goût de sucre et la consistance molle qui lui répugnaient. Newman se régalait, évoquait avec lyrisme la cuisine de sa mère, se suçait les doigts à grands bruits de bouche.

– Tu n'aimes pas ça ? s'inquiéta Newman.

– Si, si, c'est très bon. Je crois juste que j'ai bu trop de café tout à l'heure.

Et encore une bouchée pour tonton John. Christian se leva soudain, s'excusa, et fila vomir discrètement son premier *gefilte fish* aux toilettes, pendant que Newman achevait de s'arsouiller à la piquette magyare. La judaïté commençait mal.

Christian soutint Newman jusqu'à son lit, où il s'effondra comme un âne mort et se mit à baver sur sa chemise. L'artiste international perdit ce soir-là une parcelle de son prestige aux yeux de son jeune admirateur français.

Au même moment, entassés dans la petite voiture de Gábor, les gars de la bande se faisaient sucer à tour de rôle en ricanant par une tapineuse fatiguée de l'avenue Foch.

# 9

Au bout de six ans d'études nonchalantes et de libations heureuses, Gábor s'était retrouvé licencié en droit et sans avenir professionnel discernable. Il craignit tout à coup de payer le prix de sa jeunesse dorée pendant le reste de sa vie, fut pris d'une sorte de panique. Il demanda rendez-vous à son père. Une audience. Monsieur Királyi le reçut à son bureau, suite de pièces meublées Empire situé dans un immeuble cossu près de l'Opéra. Aux murs s'alignaient d'autres portraits d'ancêtres de son épouse ; sur une console, un buste de François-Joseph 1er proclamait son regret de la disparition de l'Autriche-Hongrie, seule construction politique capable selon lui de résoudre le problème des minorités en Europe, car elle avait procuré une relative sécurité aux juifs et aurait permis, affirmait-il, d'éviter le nazisme et la déportation. Pour Gábor, l'empereur n'était que le mari de Romy Schneider dans *Sissi*.

– Qu'est-ce que tu attends de moi ? demanda le père.

Gábor exprima ses doutes, ses anxiétés, ses remords, réclama de l'indulgence. Il ne serait pas photographe, c'était évident, il ne deviendrait pas avocat non plus, il était désemparé.

– Fais de moi ce que tu veux.

Monsieur Királyi écouta sans interrompre puis laissa son fils vaciller un long moment de silence ; il se leva sans un mot, s'approcha lentement du jeune homme, plongea ses yeux bleus dans les siens et le prit dans ses bras. Il le serra fort. Gábor pleura un peu, se frotta les paupières avant de quitter son étreinte. Il venait de se donner à son père et celui-ci avait accepté de le prendre.

Monsieur Királyi le costuma de flanelle, le chaussa anglais, le fit admettre dans son cercle, dont il lui présenta d'emblée les membres les plus éminents ; il lui apprit la finance, la Bourse et le backgammon. Sur sa recommandation, Gábor fut engagé comme stagiaire dans une banque d'affaires cousine de la sienne. Il fit honneur à son piston. En dix-huit mois, il se retrouva plus jeune fondé de pouvoir de l'établissement. Le père et le fils, devenus inséparables, chassaient, dînaient, rentraient ensemble puisque, à près de vingt-cinq ans, Gábor habitait toujours l'appartement familial. Il n'avait pas abandonné ses copains, qu'il retrouvait tous les samedis soir pour des beuveries de carabins. Christian était parfois convoqué par son père et son frère pour déjeuner avec eux au restaurant du cercle ; il obtempérait pour éviter les querelles, engoncé dans une veste usagée de Gábor et le cou étranglé par une cravate, respectant comme il pouvait l'étiquette de la vénérable association de joueurs. On s'inquiétait machinalement de ses travaux cinématographiques – « Tu as du boulot, en ce moment ? » –, de son destin artistique – « Quand est-ce que tu nous fais une expo ? » –, et on enchaînait sur le cours du pétrole et la remontée de Wall Street. Christian se sentait repoussé hors de tous les cercles, de famille ou de jeu.

Banquier, Gábor voulut vivre en banquier. Il se fiança à la hâte avec Coralie, sœur d'une de ses connaissances d'affaires, copie maladroite et juvénile des épouses parfaites de ses collègues, dans le but inconscient de se conformer aux usages de ce monde où il réussissait si bien.

Coralie était contente d'épouser Gábor, car elle aurait une belle robe, des fleurs, une grand-messe, un lunch sous la tente, une soirée dansante, des cadeaux et un voyage de noces, comme sa grande sœur. Gábor savait qu'il était sur le point de faire la connerie de sa vie. Il avait tenté d'arrêter l'affaire, mais sa mère l'en avait dissuadé ; au dixième mois d'un cancer dévastateur, monsieur Királyi n'aurait pas supporté le scandale d'une annulation. Les tractations avec la famille de la promise avaient été rudes et inélégantes ; ses parents, bourgeois étriqués de Basse-Normandie, avaient essayé d'imposer aux Parisiens le partage des frais de leur mondanité locale. Les Királyi n'étaient que quatre, les amis de Gábor peu nombreux, ses fréquentations de travail choisies, et Christian, qui détestait les mariages et la province, n'emmènerait personne. Comment en était-on arrivé à trois cents convives ? En invitant le ban et l'arrière-ban de la pratique du père de Coralie, radiologue en vue dans sa sous-préfecture.

« En quoi ai-je besoin de donner un vin d'honneur pour vos patients et vos voisins ? », s'était étonné monsieur Királyi, tentant de faire bonne figure malgré des douleurs intolérables. L'autre avait fait valoir l'usage, qui répartissait par moitié le prix de la noce entre les deux familles.

– Si vous voulez vraiment dépenser de l'argent, on va en dépenser. Je m'occupe de choisir le vin, avait conclu monsieur Királyi avec un doux sourire.

On ne servirait que du château Lafite 1949, millésime de naissance de Gábor, bien vieilli, long en bouche et douloureux au portefeuille.

Les frères prirent la route le vendredi matin. Le mariage civil était prévu pour la fin d'après-midi, l'union religieuse pour le lendemain. Madame Királyi préférait rester le plus longtemps possible auprès de son mari et les rejoindrait directement à l'église, conduite par le chauffeur de la banque. Torturé par le doute, Gábor demanda à Christian ce qu'il pensait de sa fiancée. Il n'en dit que du bien, convaincu qu'il était trop tard pour reculer et pas mécontent que cela fît les pieds de son frangin. Il avait surtout hâte d'en finir ; son aptitude au scandale s'était émoussée au fil de son évolution professionnelle.

Tandis que Gábor disait « Oui » au maire et à Coralie, monsieur Királyi eut une réaction à la chimiothérapie qui imposa son hospitalisation d'urgence. La mère ne prévint pas ses fils. La tradition catholique de sa belle-famille interdisait à Gábor de passer la nuit avec sa jeune épouse avant la bénédiction du prêtre. Elle dormit chez ses parents. Les hôtels de la petite ville étaient tous pleins de leurs invités. Aussi les frères Királyi avaient-ils été contraints de partager une chambre. En ouvrant la porte, ils furent surpris de découvrir un grand lit au lieu des deux petits qu'ils s'attendaient à occuper. Passé la stupeur et le fou rire, la négociation avec le concierge fut improductive. Gábor se coucha près de son frère, la mine contrite sous la couverture piquée. Christian se déclara honoré de passer avec lui sa nuit de noces, la première, la républicaine, la vraie.

– Ta gueule ! dit Gábor en éteignant.

– Tu ne m'embrasses pas, chéri ? demanda Christian en rallumant.

– Pauvre con, répondit Gábor en éteignant de nouveau.

Christian approcha sa jambe de celle de son frère dont il connaissait depuis l'enfance la répulsion pour le contact viril. Gábor s'écarta d'un mouvement brusque. Christian recommença, Gábor s'écarta de plus belle, maudit en silence son frère, sa femme, ses beaux-parents, l'hôtellerie française et le département de l'Orne tout entier. Il allait sombrer dans le sommeil quand Christian plaça son mollet tout près du sien, poils contre poils. Il eut un soubresaut et tomba du lit.

– Bon, maintenant tu arrêtes ou je te casse la gueule !

– Mollo, Super Gypsy, c'est à cause de toi qu'on est ici, je te le rappelle. Et puis, tu dois être en forme demain.

– T'as raison, j'ai besoin de dormir, Super Hébreu de mes couilles ! répondit Gábor avec humeur.

Pour être franc, Christian n'avait pas tort de se foutre de lui.

– Arrête de faire chier, tu veux ? dit Gábor en masquant un sourire attendri.

Christian prit une petite voix de femme.

– D'accord, chéri, mais je ne te cache pas que je suis assez déçue...

Ils finirent la nuit comme ils purent, Christian étalé au milieu du lit et Gábor raidi au bord du matelas. Madame Királyi dormit sur le fauteuil de skaï en face de son mari qui haletait.

L'air godiche dans leurs jaquettes de location, les frères se présentèrent à l'église irrités par le manque de sommeil. Madame Királyi arriva juste à l'heure, épuisée de chagrin, mais ne dit rien à ses fils de l'aggravation de l'état de leur père. La cérémonie se déroula dans un brouillard pour eux trois, entre grandes orgues, homélies et recommandations diverses aux jeunes mariés. Christian fut appelé à lire l'épître, qu'il ânonna au micro sans comprendre ce qu'il disait. Coralie cherchait à accrocher le regard de Gábor, rivé pendant toute la messe sur le visage de sa mère au bord des larmes, qui donnait aux Bas-Normands le spectacle traditionnel de l'émotion matrimoniale, alors qu'elle pleurait par avance la perte annoncée de son unique amour.

Revenu à Paris après les célébrations convenues, Gábor voulut reporter son voyage de noces pour rester auprès de son père. Coralie lui fit la première scène d'une longue série à venir. Monsieur Királyi demanda à son aîné de partir ;

maintenant qu'il était jeune marié, il devait se comporter en époux prévenant ; la petite n'y était pour rien. Il l'assura en plaisantant de sa survie jusqu'à son retour. Gábor passa dix jours de remords sous le soleil des Seychelles, une lune de poivre. Coralie jouait à madame, s'exerçait à signer de son nouveau nom, minaudait, réclamait une attention de toutes les minutes, refusait d'entendre l'angoisse montante de Gábor. C'est un couple en crise qui s'installa dans un petit appartement aux Ternes, non loin du studio de Christian.

Pendant l'absence de son frère, Christian avait souvent rendu visite à leur père. Ils avaient parlé de tout, autant dire de rien d'important. Le fils n'avait pas trouvé l'occasion de l'interroger sur cette origine juive dont il savait si peu et qui pourtant le rattrapait souvent, il ne lui avait pas raconté ses déboires avec le beau-père de Dominique, la chaleur de l'accueil de Newman ; il avait tu ses interrogations lancinantes ; il ne saurait rien de la guerre de son père, de sa déportation. Ils avaient simplement fait la paix, enjoints de s'accepter enfin l'un l'autre par la prolifération fougueuse des métastases. Christian s'était comporté en bon fils, monsieur Királyi en père moderne. Ils avaient plaisanté sur l'éducation hongroise, sur mai 1968 ; ils avaient joué au scrabble où le vieil homme excellait, persuadé cependant qu'on le laissait gagner par pitié pour ses souffrances ; ils avaient parlé de la Bourse et Christian avait fait mine de comprendre.

Au retour de Gábor, Christian lui rendit volontiers sa place de fils favori. Il n'avait que peu de goût pour ces réconciliations tardives provoquées par les maladies terminales ; il aurait préféré une explication sincère entre hommes valides ; elle n'aurait sans doute jamais été possible ; il était irrité par cette mort en rose que chacun s'évertuait à organiser, éludant pour la circonstance l'ensemble des souvenirs pénibles qui constituaient le véritable récit de ses relations avec son père. Non, ils ne s'étaient pas aimés ni compris. Ils s'étaient parfois respectés, et alors ? Si Christian avait assuré l'intérim au chevet du père, c'était dans le but unique de protéger Gábor, pas de constituer une harmonie familiale fictive de dernière minute. Il les laissa en tête à tête, soulagé de n'avoir plus à faire le détour quotidien de l'hôpital Cochin.

Monsieur Királyi fut ramené à son domicile pour y passer Noël. L'attirail médical qui l'accompagnait suggéra à la famille que la fin était proche. L'arrêt de la chimiothérapie le lui confirma. Le réveillon sans arbre et sans cadeaux fut lugubre. Calé dans un amas de coussins, le père ne trouvait aucune position qui ne le fît souffrir, aucun aliment qui n'irritât son estomac ravagé par les analgésiques. La mère passait les plats, machinale, attentive au moindre gémissement de son mari. Les fils mâchaient, à court de sujets de conversation. Jamais le gâteau traditionnel au pavot n'eut aussi peu de goût. Christian s'excusa dès minuit sonné, Gábor eut des mots téléphoniques avec sa femme ; « allergique à la maladie », comme elle se décrivait, Coralie avait organisé un repas de fête avec sa sœur et trouvait que son époux tardait à la rejoindre.

Monsieur Királyi sombra début janvier. Des injections régulières de morphine n'eurent pas raison de ses souffrances. Il était dans un état constant d'agitation physique et mentale, rarement interrompue par de brèves phases de sommeil, à moitié lucide et à moitié délirant. Plongé dans la pénombre pour soulager ses yeux, il semblait apeuré en permanence. Gábor s'était fait remplacer au bureau et relayait sa mère pour tenir la main de son père et lui adresser un sourire de tendresse lorsqu'il les reconnaissait. Au bout de trois jours et trois nuits à ne dormir que quelques minutes de temps en temps, ils appelèrent Christian en renfort. Gábor en profita pour passer chez lui se changer et voir Coralie.

– Tiens, tu t'es souvenu que tu étais marié !

– Coralie, je t'en prie, j'ai besoin d'aide, pas de reproches.

– J'ai épousé un homme, pas un courant d'air.

– Mon père va mourir.

Elle faillit répondre que ce n'était pas trop tôt, mais la dureté du regard de Gábor l'arrêta net.

Christian était assis sur une chaise, au bord du lit de douleur, la main dans celle de son père, le bras tendu, ankylosé, des fourmis dans les fesses. Il n'avait pas osé bouger depuis plus d'une heure, car monsieur Királyi était exceptionnellement calme, et il craignait de provoquer une nouvelle série de spasmes. Christian aurait tout donné pour éviter de revoir ce spectacle terrifiant. Le père ouvrit les yeux, regarda son fils et lâcha un pet sonore.

– *Ez büdös*[1]… murmura-t-il.

Christian aurait juré qu'il souriait.

– Tu as raison, ça pue, répondit-il à voix basse.

Dans le salon, sa mère s'était assoupie, vaincue.

La crise se déclencha d'un coup. Le corps amaigri se soulevait du matelas, comme en lévitation, pour retomber aussitôt avec des grincements de sommier mêlés au râle mouillé des poumons engorgés. Christian s'était levé mais tenait toujours la main de son père. Il hésitait à appeler mais craignait de l'effrayer. Il songea à aller chercher de l'aide mais, pris de panique, ne voulut pas le laisser seul, fût-ce une seconde.

– Maman !... Maman !... gémit le père entre deux apnées.

Christian avait bien entendu : « Maman ! », avec un n final, à la française. S'il avait parlé de sa mère, il aurait dit « *Mama* » à l'allemande, ou « *anyuka* » en hongrois. Du plus profond de sa souffrance, monsieur Királyi appelait son épouse. Pas sa mère. Pas Dieu. Christian n'eut pas le temps d'être fier de lui. Son père venait de s'immobiliser. Le silence était total. Il lui toucha le front, posa l'oreille sur sa poitrine, n'entendit rien, chercha son pouls, approcha les doigts de ses narines. Plus un battement, plus un souffle. Il resta un instant pétrifié avant de courir vers le salon. Ses pas réveillèrent sa mère en sursaut. Elle comprit tout de suite.

– Non ? dit-elle.

– Je crois, je ne sais pas, comment je pourrais savoir ? bredouilla Christian.

1. « Ça pue » en hongrois.

– Pourquoi tu ne m'as pas cherchée ? demanda-t-elle en se précipitant dans la chambre.

– Vous êtes marrants, tous... marmonna-t-il.

Prévenu, Gábor arriva dans les dix minutes. Il embrassa son frère, ce qui était exceptionnel, puis s'effondra dans les bras de sa mère. Christian les regarda pleurer, envieux de l'évidence de leur chagrin. Il n'était pas triste. À peine fatigué. Il se sentait libéré du devoir d'assistance au mourant, délivré, mais surtout curieux de ce chapitre qui débutait : la vie dans un monde sans autorité immanente, sans peur constante du jugement, sans rite de soumission, sans Victor Királyi. Dans les jours qui suivirent, et jusqu'aux funérailles, il eut l'impression d'avoir dépossédé sa mère et son frère d'un instant sacré qui aurait dû leur revenir. Il lui fallut quelque temps avant de pouvoir leur rapporter les derniers mots de son père. « Maman ! » Il ne parla jamais du pet ultime et du sourire furtif, indignes de la grandeur du héros de la geste familiale, emporté par un cancer de la plèvre foudroyant, conséquence de ses travaux forcés dans des mines d'asbeste lors de sa déportation en Sibérie. Salauds de Russes !

Victor Királyi fut enterré sans manières dans le cimetière voisin de sa maison de campagne. Quelques collègues et partenaires de backgammon firent le voyage depuis Paris pour témoigner à la veuve et ses enfants l'affection et le respect qu'ils avaient toujours portés au disparu. À l'église, sa secrétaire sanglota longtemps, sa veuve fut parfaite et ses fils très dignes ; Christian portait la cravate noire de son père et s'ennuyait ferme ; assis entre sa mère et son épouse, Gábor se sentait devenir chef de clan ; Coralie adorait sa petite robe de deuil, qui flattait son œil bleu et son teint de Normande. Quelques paysannes âgées priaient et chantaient avec le prêtre, consacrant l'adoption de la famille par le village.

Madame Királyi avait acheté deux concessions à perpétuité situées côte à côte, l'une pour son mari, l'autre pour elle-même quand il serait temps de le rejoindre. Le cercueil fut rondement mis en terre par des croque-morts parisiens pressés de repartir. Selon la volonté du défunt, deux dosses de chêne clouées en croix marquaient modestement la tombe.

Une collation rassembla tout le monde à la propriété.

– Il t'aimait beaucoup, tu sais ? répétait à Christian un membre du cercle, saucisson en bouche et verre de bordeaux à la main.

« Il aurait pu me le dire », se disait Christian en souriant poliment et en se demandant jusqu'à quel âge ces messieurs continueraient à le tutoyer. Coralie minaudait. Gábor trouvait sa robe décidément très courte pour des obsèques. En bavardant avec les vieilles femmes, madame Királyi apprit qu'elles ne manquaient jamais un enterrement.

Coralie eut la déception de constater que la mort de son beau-père n'avait pas résolu son problème d'exclusivité ; Gábor passait beaucoup de temps auprès de sa mère, recherchait le contact de son frère, traînait au cercle, en mal de souvenirs, en manque. Monsieur Királyi n'avait pas laissé de testament, mais en fouillant les tiroirs de son secrétaire, Gábor trouva de faux certificats de baptême aux noms de ses parents et de ses quatre grands-parents, achetés à coups de dollars à des prêtres complaisants et impécunieux de Slovaquie. Une assurance antidéportation pour lui-même et ses enfants. Super Gypsy pensa un moment les confier à Super Hébreu, puis il se ravisa et décida de les archiver avec ses papiers militaires et son contrat de mariage. Il informa son frère de leur existence pour le cas improbable où ils se révéleraient utiles. Avec l'accord de ses fils, madame Királyi mit, le plus tôt possible, l'appartement familial en vente, avant de se retirer à la campagne.

Durant les semaines qui suivirent, seuls ses seins opulents valurent à Coralie des hommages conjugaux, qui devinrent de plus en plus espacés à mesure qu'elle empêchait son époux de faire un minimum de deuil.

– On pourrait sortir plus souvent, disait Coralie.

– Cesse de t'habiller en sombre, disait encore Coralie.

– J'ai envie d'aller en boîte.

– Si on partait en voyage ?

– Ça fait un moment que tu ne m'as pas offert de fleurs.

– Il est mort, ton père, tu ne t'en es pas rendu compte ?

Cette fois, il faillit lever la main sur elle :

– Je vais t'offrir des chrysanthèmes, si tu continues !

Comprit-elle qu'elle était allée trop loin ? Sans doute pas, puisqu'elle tomba des nues lorsqu'il lui annonça son intention de divorcer, au bout de trois mois d'incompréhension mutuelle totale.

– Oui, je te quitte, malgré ton 95 C, confirma Gábor.

Ce serait là son plus gros sacrifice.

Gábor enfourna quelques vêtements dans un sac et vint sonner chez Christian.

– Super Gypsy ! Tu t'es fait lourder par ta princesse ?

– Non, je me suis cassé.

– *Mazel tov !* s'écria Super Hébreu, qui avait enrichi son vocabulaire auprès de Newman. T'as bien fait, c'était une conne.

C'était la première fois que Christian lui avouait ce qu'il avait toujours pensé de sa belle-sœur.

– T'aurais pu le dire plus tôt ! pesta Gábor.

– Tu m'aurais écouté ?

Les frères couchèrent dans la même pièce, comme lorsqu'ils étaient petits. Nuit après nuit, ils parlèrent des temps anciens, de la peur du père lorsqu'ils jouaient à Robin des Bois ou à Zorro, en murmurant dans le noir alors qu'ils étaient supposés dormir, des jambes lisses des filles à vélo dont la vision leur nouait le ventre, des contes de Grimm et de la grosse voix de maman imitant le Diable. Un matin, dans la salle de bains, ils examinèrent les traces laissées sur leurs poitrines par la scarification du signe des esprits de la forêt. Il leur fallut écarter les poils du torse viril de Gábor pour retrouver le dessin complet, en se tenant l'un près de l'autre devant le miroir.

En pleine disette sentimentale, désœuvré entre deux emplois, Christian décida de passer son permis de conduire et choisit un stage intensif pour en finir au plus vite. Les trois heures de volant quotidiennes le décourageaient autant que les matinées consacrées au code de la route encombraient son esprit. Gábor lui faisait réciter ses leçons à chaque repas et l'emmenait faire des créneaux la nuit pour le rassurer. Ils accrochèrent quelques pare-chocs, évitèrent de justesse plusieurs contrôles de police et furent heureux de sortir de l'illégalité lorsque Christian réussit son examen dès la première tentative, à l'étonnement de tous. Le lendemain, sur les conseils de Gábor, il acheta une petite voiture italienne d'occasion, qu'il pourrait abîmer sans regret tant qu'il n'aurait pas assez d'expérience pour s'en offrir une belle. Il la cabossa trois fois dans le premier mois et resta longtemps incapable de faire un créneau convenable.

La connivence retrouvée des frères ajouta à la rage de Coralie qui se lança dans une procédure de divorce hostile et revancharde. Poussée par un avocat provincial choisi et rémunéré par son père, elle plaida l'abandon du domicile conjugal et demanda une indemnité compensatoire forfaitaire d'un montant exorbitant, pour prix des quelques trimestres de jeunesse qu'elle aurait sacrifiés à son mari négligent. Sûrs de leur affaire, ils multiplièrent et durcirent les injonctions de réintégration.

– Elle réclame son mari, traduisit Christian en lisant une sommation d'huissier que lui montrait Gábor.

– On ne va pas l'en priver, hein ? répondit le mari.

Et les deux frères se mirent à passer toutes leurs soirées dans le salon de l'appartement des Ternes, au dit domicile conjugal, enchaînant belles bouteilles et parties de cartes, à l'exaspération de l'épouse et belle-sœur, prise au piège de la stratégie de son avocat. Christian avait délaissé depuis quelques années le cannabis et rejoint son frère dans la dégustation des produits du vignoble français et l'abus régulier d'alcools forts de toutes origines. Les frangins restaient tard et braillaient volontiers, le verre en l'air et la chansonnette tonitruante.

– Allez, foutez le camp, les frères ! Il faut que je dorme, exigeait Coralie.

– C'est toi qui me chasses, chérie, tu t'en rends compte ? répondait Gábor d'une voix encombrée.

Pour son malheur, elle avait oublié que Jipé, enfin admis au barreau de Paris, défendrait les intérêts de Gábor gratuitement sa carrière durant s'il le fallait, tandis que son conseil réclamait ses honoraires avec une régularité de poule de luxe. Atteint au porte-monnaie, le père de Coralie proposa une transaction. La négociation fut brève et brutale. Les provinciaux s'écroulèrent sans lutter. Jipé n'en revenait pas :

– Si, à vingt-deux ans, on est assez prétentieux pour mettre un prix sur son cul, on ne consent pas une ristourne de 60 %, c'est humiliant.

– Voilà pourquoi je divorce et pourquoi tu es mon avocat, conclut Gábor avant de déboucher la bouteille de Chambolle-Musigny qu'il avait achetée pour l'occasion, tradition oblige.

Coralie quitta bientôt l'appartement, emportant les appareils ménagers, les cadeaux de mariage des amis de sa famille, la moitié exacte de la vaisselle, la télévision en couleurs offerte par Gégé, Bernard et Jipé et les rideaux sur mesure qu'elle serait obligée de retailler pour les ajuster aux fenêtres de son nouveau logement. Gábor revint s'y installer, enfin libre de pleurer son père. Il resta un moment seul au milieu du salon vide, puis décrocha son téléphone.

– Allô, Super Hébreu ? Qu'est-ce que tu fous ce soir ?

# 10

John Newman était retourné vivre aux États-Unis et travailler pour Disney. Il préparait aussi un film indépendant sur le Montparnasse des années trente et pensait que Christian ferait un assistant-réalisateur idéal, avec sa culture française, sa pratique de l'anglais et son dévouement naturel aux productions fauchées. Il l'invita à le rejoindre à Los Angeles pour mettre le projet en chantier. Christian préféra une fois de plus les mirages du cinéma d'animation à la réalité des tableaux qu'il s'était juré de peindre.

– À mon retour, tu vas voir, je ferai une toile par jour, promit-il à Gábor. Et puis attends, là, je vais à Hollywood !

Hollywood ressemblait à Hollywood, c'est-à-dire à rien. Un collage de fragments de villes américaines, un mélange d'architectures factices, une banlieue sans fin autour d'un centre introuvable, un grand studio ici, un autre plus loin, un quadrillage d'autoroutes urbaines, avec le soleil, le smog et les palmiers pour se rappeler où l'on était. Newman habitait un appartement modeste dans une construction de type espagnol,

Christian dormirait sur le canapé.

Le jeune Français aima tout de la Californie, les bâtiments en forme de chapeau melon, de chalet suisse, de temple assyrien, les enseignes géantes en volume – beignet, cow-boy ou cafetière de plusieurs mètres de haut –, les moquettes trop profondes dans les bureaux, le café trop clair dans les gobelets en carton, les magasins de disques aux dimensions de supermarchés, les centaines de stations FM sur l'autoradio de la Chevrolet hors d'âge, la publicité continuelle à la télévision, les stands de hot-dogs ouverts jour et nuit au coin des boulevards déserts, les empreintes des stars dans la cour du cinéma chinois. Il était au pays de Mickey, des jeans et du rock and roll. Newman avait tout prévu pour lui faire plaisir, jusqu'à une virée à Disneyland en compagnie d'une poétesse de vingt-cinq ans, hippie, juive et pas farouche. Christian profita du paysage, des attractions et de la fascination de Ruth pour les artistes parisiens. Il coucha avec elle le soir même malgré le décalage horaire ; elle lui récita ses vers libres jusqu'à épuisement. C'était bath, les *States*.

Le travail cinématographique fut plus austère. Le projet n'était pas encore financé. Newman avait fait venir son assistant à ses frais et lui dispensait quelques dollars par petites liasses tirées de sa poche, au gré de ses besoins. Christian restait dans l'appartement à étudier le *story-board,* coincé sans voiture dans cette ville sans piétons et sans transports en commun, tandis que John gagnait leurs vies en dirigeant des animateurs aux studios Disney, à l'autre bout de Los Angeles.

Le soir, ils planifiaient la production de leur film en mangeant à bon marché sous les néons dans des *diners* aux murs couverts de formica. Le week-end, Christian retrouvait Ruth et ses odes au soleil nourricier de l'ère du Verseau.

*Pessah* approchait et Newman finit par tenir sa promesse de la rue des Rosiers : passer le *séder* avec Christian ; ils étaient invités tous les deux chez un de ses anciens condisciples d'université devenu scénariste à succès, qui habitait un condominium de luxe à Beverly Hills. Christian accepta avec joie, assumant sans complexe son état de touriste en visite en Californie et dans le judaïsme. Lorsqu'ils se présentèrent en haut de la rampe d'accès au parking souterrain de l'immeuble, ils durent décliner leur identité par caméra de surveillance interposée aux agents de sécurité qui protégeaient la propriété vingt-quatre heures sur vingt-quatre. La présence d'un étranger dans la vieille Chevrolet augmenta leur méfiance professionnelle. De surcroît, Királyi était un nom malcommode à prononcer pour des vigiles américains surarmés et probablement illettrés. Un long échange téléphonique avec l'appartement les convainquit d'ouvrir, sans toutefois dissiper leur réticence. Au premier sous-sol, un garde en uniforme se fit remettre les clés et inspecta le coffre de la voiture, avant de transmettre par talkie-walkie son approbation à leur entrée. Une paroi de verre anti-effraction coulissa dans un bruit souple, libérant le passage vers un palier moquetté de rouge. Dans la cabine de l'ascenseur, un interphone permettait de communiquer avec les personnes visitées, qui commandaient elles-mêmes la montée de leurs invités.

Au troisième étage, la porte s'ouvrit directement sur l'hôte en kippa de satin blanc et blazer Gucci ; madame était habillée par Cardin, leurs enfants par Brooks Brothers. Après les accolades données à Newman, tous firent un accueil chaleureux à Christian. On l'assit à une place d'honneur, en point de mire de la curiosité générale. À la suite de Newman, il se coiffa de la calotte brodée disposée près de son couvert.

– *My first séder...* annonça Christian avec une pointe d'anxiété.

– John nous a prévenus, répondit le maître de maison en anglais. Soyez le bienvenu.

Au centre de la table étaient disposés les objets et nourritures nécessaires à l'accomplissement du cérémonial : sur le plat rituel, un os cuit et bruni, symbole de l'antique sacrifice familial de l'agneau, un œuf légèrement brûlé, symbole du sacrifice spécial de la fête de *Pessah* à l'époque du Temple, des herbes amères, rappelant les souffrances des Israélites en Égypte, un mélange pilé de pomme, fruits secs, vin et cannelle, en souvenir du mortier utilisé par les esclaves hébreux pour construire les villes de Pharaon, un légume vert, de l'eau salée, trois pains azymes, quatre coupes de vin, la coupe du prophète Élie et le morceau de *matsa*[1] du dessert. L'attention de Christian avait décroché au légume vert – persil, fenouil ou autre –, et il avait perdu le fil des explications patientes du scénariste à chaque étape du *séder*. Un sourire

1. Pain azyme.

poli ne devait plus quitter son visage. Pour ne pas commettre d'impair, il singeait le moindre mouvement des convives, se demandant s'il fallait se gratter le nez comme monsieur ou se recoiffer comme madame. À tout instant, il cherchait du secours dans le regard de Newman qui l'observait, tendu, redoutant le faux pas.

Christian en était à regretter ses combats d'œufs durs avec son frère quand, au bout d'une série de gestes codifiés qui lui sembla interminable, un des enfants entrouvrit la fenêtre qui donnait sur un balcon encombré de plantes.

– Ça fait du bien, un peu d'air, dit Christian, pour être aimable, vous n'avez pas la climatisation ?

Sourires amusés de l'assistance.

– L'appartement est très bien équipé, rectifia Newman. On ouvre la maison pour accueillir symboliquement le prophète Élie.

– Ah...

« Encore un comportement allégorique, songea Christian, j'aurais dû me frotter le pif tout à l'heure, je le savais... » Newman ajouta que jusqu'au Moyen Âge, la porte du foyer devait rester ouverte pendant toute la durée du *séder,* afin de signifier que tout pauvre ou nécessiteux était le bienvenu et invité à partager le repas. Christian eut la vision d'un grand Noir jeune et sympathique apparaissant à la fenêtre après une escalade périlleuse en lançant un *« Hi everybody ! »* amical avant de s'écrouler, fauché par la rafale de mitraillette d'un agent de sécurité accouru au secours du *séder* en péril. Il imagina les gardes en uniforme traînant promptement le cadavre vers la sortie, essuyant dans le mouvement la trace de sang sur le sol avec une serpillière et s'excusant pour le dérangement. Un fou rire monta en lui, irrésistible, irrépressible, dévastateur. L'assemblée se figea, interloquée. Christian tenta de s'expliquer, mais plus il essayait de parler, plus il riait. Des larmes brouillaient sa vue, il avait mal au ventre. Les images tourbillonnaient dans son esprit, chacune rajoutant à la drôlerie de la précédente. Il ne put bafouiller que « Et les kippas aussi, elles viennent de chez Gucci ? », avant que Newman ne l'entraîne de force, mortifié devant ses hôtes, inquiet pour son ami français.

Une heure plus tard, Christian hoquetait encore, assis sur le canapé du salon, seul dans le noir. Il se souvint du fou rire qui les avait emportés, Gábor et lui, le soir où leur père avait essayé pour la première fois de leur expliquer leur relation au judaïsme ; il eut besoin de parler à son frère. Il s'approcha à tâtons du téléphone, décrocha délicatement, appela l'opératrice et demanda un PCV pour la France. À Paris, Gábor venait de se lever, il frissonnait dans le matin gris d'avril et accepta l'appel avec enthousiasme. À Los Angeles, Christian murmurait dans la tiédeur de la nuit. Les frangins parlèrent près d'une heure, redevenus les deux gamins dans leurs lits, qui échangeaient des secrets sur le monde à l'insu de leurs parents.

– T'en as rien à foutre d'être juif, Super Hébreu, c'est pas un truc pour toi.

– En tout cas, je ne suis pas doué, ça c'est sûr...

Il se passa un instant de silence.

– Il te manque ? demanda Gábor.

– Qui ça ?

– Te fous pas de ma gueule. Le vieux, il te manque ?

– Plus que je n'aurais cru. Et toi ?

– C'est terrible.

Il était temps d'aller travailler, il était temps de dormir. Les frères se quittèrent sur cet aveu. La douleur avait changé de camp, Christian riait tandis que Gábor souffrait.

– Allez, salut, Super Gypsy, et courage. Il te regarde.

Christian n'était pas aussi libéré de l'influence de son père qu'il l'avait espéré. Lorsqu'il parlait de sa vie française à Ruth, la dure image du patriarche, son détour mystérieux par la Sibérie, sa restauration sociale après son émigration se transformaient en icône chatoyante de charmeur magyar à l'humour cinglant, en aventure rocambolesque mêlant l'héroïsme à la ruse, en pittoresque *success story* de l'Ancien Continent. En Amérique, monsieur Királyi faisait un magnifique père mort, véritable accessoire de séduction pour Christian qui brodait selon les circonstances sur sa biographie recomposée, fascinant les uns et apitoyant les autres.

Newman en voulait à Christian de son débordement de l'autre soir. Il s'était lui aussi senti mis en cause par ce fou rire dénonciateur, il avait partagé la colère de son ami, qui, ayant offert spontanément l'hospitalité à un étranger, ne méritait pas l'arrogance du Français et ses réticences de goy. L'épisode révélait un Newman mieux intégré à Hollywood et plus traditionaliste que le juif boulevardier qu'il avait affecté d'être quelques années plus tôt. Christian avait d'abord été séduit par l'Américain, puis le rebelle antistudios, enfin par l'indépendant. Il se demanda si John n'avait pas incarné une figure paternelle de substitution, compréhensive et complice, au plus tendu de ses discordes avec monsieur Királyi. Il n'avait désormais plus de père à combattre et donc besoin de personne pour le supplanter symboliquement. Le *séder* raté avait entamé le prestige de Newman et la docilité de Christian.

Ruth aimait Christian tel qu'il s'était montré à elle, parisien, peintre, sensuel, tourmenté et déconneur, original à rendre jalouse la dernière de ses copines poétesses ou artistes conceptuelles. Pour proclamer sa passion au reste du monde, elle l'emmena dans un restaurant français fréquenté par les nantis de l'industrie cinématographique et voulut le faire commander dans sa langue. Le serveur mexicain ne comprit pas un mot de ce qu'il lui dit, pas même un des noms de plats qui figuraient sur le menu. Appelé en renfort, le maître d'hôtel parlait avec l'accent d'Eddie Constantine et se fit répéter deux fois chaque phrase. Vaincu, Christian commanda des steaks. On lui remit la carte des vins ; les seuls crus qu'il connaissait se trouvaient au bas de la liste, parmi les plus chers ; son frère l'avait mis à trop bonne école. Il croisa le regard énamouré de Ruth et lui en colla pour cent dollars.

Le projet de film se fragilisant avec les semaines, Newman devenait avare de billets et Ruth pressentit que son grand amour retournerait bientôt au pays. Elle espérait avoir établi avec Christian un lien qui résisterait à leur éloignement ; elle décida de le rendre officiel en présentant son jeune amant à son père redouté. Monsieur Bloom, gagman pour une star mondiale du cinéma comique, était le plus sinistre des hommes. Tout ce qu'il détenait de fantaisie était investi dans son métier, qui lui rapportait de quoi occuper une vaste villa d'architecture néogothique à Bel Air, et de faire une leçon incessante à son indolente rimailleuse de fille unique. C'était la première fois que Ruth amenait ainsi un garçon, et madame Bloom était aux cent coups ; une deuxième carpe farcie attendait Christian au coin du buffet. Il vint au rendez-vous sans se méfier, persuadé qu'avec le *séder* il avait vécu son expérience la plus rude du séjour.

La maison était d'un luxe lugubre. Partout sur les murs, des dizaines de photographies encadrées de bois sombre montraient la vedette de l'humour un oscar à la main, souriant à l'objectif, montant les marches au Festival de Cannes, souriant à l'objectif, recevant un bouquet des mains d'une belle au décolleté plongeant, souriant à l'objectif. Et sur chacun des clichés, en retrait, dans l'ombre ou à moitié masqué, monsieur Bloom s'efforçait de sourire à l'objectif qui l'ignorait. Sur les quelques tirages où la star apparaissait seule, une dédicace confirmait : « À mon cher Bloom, sans qui je n'aurais fait rire personne, son ami, Bob. » Le bâtiment entier suintait l'amertume. Durant le plus clair du repas, le père ressassa sa longue carrière de plaisantin professionnel, regrettant les scénarios qu'il n'avait pas écrits, les romans qu'il n'avait jamais commencés, les rôles qu'on aurait dû lui confier, affirmant cependant que « c'était le bon temps, alors que de nos jours, il suffit de le décider pour se proclamer artiste, n'est-ce pas, ma fille » ? Ruth regardait son assiette en se retenant d'exploser ; sa mère passait les plats en gloussant pour cacher sa crainte du conflit latent ; Christian faisait mine de s'intéresser et mâchait *son gefilte fish* avec application, en s'efforçant de penser à autre chose pour vaincre sa répugnance.

– Ça vous plaît, jeune homme ?

– Beaucoup, monsieur, c'est excellent.

– Ma femme réussit très bien les plats traditionnels.

– Hon, hon, fit madame.

Christian résista jusqu'à la fin du dîner, réclama les toilettes où Ruth le conduisit en murmurant :

– Je crois que tu leur plais, ils n'ont pas été désagréables.

Il vomit la carpe aussi discrètement que possible, et ressortit, blême mais soulagé. Monsieur Bloom l'attendait au salon.

– Alors, comme ça, ma fille vous plaît ?

Au moins, c'était direct. Christian bredouilla une approbation qui pouvait passer pour timide. Le père le questionna sur ses intentions, son avenir professionnel, sa vie en France. Il s'improvisa une biographie et des projets acceptables qui combinaient poésie, respect des bonnes mœurs, coproduction européenne et cuisine du terroir, rassurant monsieur Bloom sans pour autant s'engager auprès de sa fille.

– Êtes-vous religieux ?

Là, ça se gâtait.

– Je ne suis pas croyant.

– Mais vous avez fait votre *bar-mitsvah* ?

Christian décida de jouer franc jeu.

– Non.

– Comment « non » ?

Il raconta sommairement le peu de son histoire familiale dont il était sûr, ce qui avait conduit ses parents à le faire baptiser, puis ses années de catéchisme et d'enfant de chœur. Monsieur Bloom était maintenant aussi pâle que lui.

– Mais alors, vous êtes un faux juif, un renégat !

Christian aurait aimé qu'Yvon et le beau-père de Dominique fussent présents pour l'entendre. Un faux juif !

– Un renégat ? demanda-t-il.

– Oui, et fils et petit-fils de renégats, qui ont abjuré leur foi avant vous.

Une calme colère monta en Christian. La mère et la fille se tenaient en retrait, dans l'attente du pire.

– Mais qui êtes-vous pour dire qui est juif et qui ne l'est pas ? Et que faisiez-vous en 1944 pendant que mon père croupissait en Sibérie, que ma mère se cachait dans les jupes d'une vieille archiduchesse complaisante, que mes quatre grands-parents étaient déportés vers les camps, le goy inclus, parce qu'il avait refusé d'abandonner sa femme ? Vous tâtiez le cul des oranges en vous demandant si la récolte serait bonne ? Vous alliez à la synagogue de Beverly Hills prier pour faire monter le cours de vos actions en bourse ? Vous n'étiez sûrement pas en train de vous dire que, si par miracle vous deviez survivre à ce merdier, vous tenteriez de l'épargner à vos enfants, et que vous feriez l'impossible pour les libérer de cette putain de judaïté qui n'était porteuse que de mort ! Vous voulez que l'on compte nos cadavres, Mister Bloom ? On va voir qui est juif et qui ne l'est pas. Les antisémites sont moins regardants que vous !

# 11

## Interview de madame Királyi par Christian
cassette 1, face B
extrait

*M^me^ Királyi : Tu sais, ton père disait toujours qu'il avait changé de nationalité cinq fois en déménageant une fois.*

*Christian : Comment est-ce possible ?*

*M^me^ K. : Il est né en 1911, hongrois. En 1920, après le diktat de Trianon, il devient tchécoslovaque, oui ? En 1938, il a dû te dire, nous redevenons hongrois, et en 1947, quand il revient de Sibérie, il est de nouveau tchécoslovaque. Ensuite nous sommes venus à Paris et avons été naturalisés français.*

*C. : Ce qui m'intéresse, ce sont les conséquences sur son existence du fait qu'il était juif*

*M^me^ K : Terriblement traumatisé. Il aurait donné sa vie pour ne pas être juif du tout. Écoute, Christian, toute cette lutte, c'est parce qu'il était profondément juif. Il était le juif qui a peur. Il était affolé, le juif affolé à qui on a fait trop de mal, oui ? Je pense que tu comprends ?*

[Un temps]

*C. : S'il s'est retrouvé déporté en Sibérie, c'est parce qu'il était juif ?*

*Mme K. : Indirectement. Il a été déporté, pris par les Russes en tant qu'auxiliaire juif de l'armée hongroise qui combattait aux côtés des Allemands. Il creusait des tranchées, près de l'Ukraine, pour les Allemands et les Hongrois, comme un vrai prisonnier. Ils avaient des uniformes dépareillés et un brassard jaune, parce qu'il était important que les soldats allemands sachent que « si tu en tues un, tu t'occupes pas, c'est qu'un juif », oui ? Alors ça, il n'a plus pu le supporter. Il a dit : « Si on est un homme, on ne peut pas faire ça encore des mois. » C'est là qu'il a décidé de déserter. Ça a mal tourné et on les a pris pour des fugitifs pro-allemands.*

*C. : Ils étaient quatre-vingt-dix, tu m'as dit.*

*Mme K. : Je crois. Ils se sont sauvés tous ensemble et ils se sont cachés dans une cave. On ne les a pas trouvés. Alors leur plan était d'essayer de remonter et de retrouver cette fameuse armée libre des partisans slovaques pour se battre avec eux pour la liberté.*

*C. : Il y avait son frère Zoltán avec lui, à ce moment-là ?*

*Mme K. : Oui. Ils se sont cachés dans une grande cave, plusieurs jours. Un train russe rentrait, plein de prisonniers allemands, et ce train-là s'est arrêté dans cette ville. Alors l'officier russe a fait son compte et a dit : « Trouvez soixante ou cent cinquante ou je ne sais combien de personnes. » C'était en plein jour, il y avait une noce. On a ramassé tous les gens de la noce, on les a mis dans le train. Après ils ont continué à chercher, ils ont trouvé le groupe de déserteurs, qui étaient en civil, sûrement pas en uniforme, à ce moment-là ils avaient déjà volé ou déshabillé quelques morts, on ne sait pas – je n'ai pas posé de questions. Ils les ont trouvés dans la cave parce que leur spécialité était de faire les rues, les caves pour dénicher des soldats allemands cachés. Jamais ils n'ont pensé qu'ils n'étaient pas allemands. Eux, ils se sont d'abord débattus en essayant de montrer leurs papiers, les Russes n'ont rien voulu savoir. Et finalement ils les ont tous embarqués, tous ceux qui étaient dans cette cave-là. Et le train est allé vers la Sibérie et à chaque station, il y a eu des morts. Au début on essayait de ramasser des gens pour remplacer les morts et après on ne ramassait plus. Dans le wagon, ils n'annonçaient plus les morts parce que, après, on leur donnait encore moins à manger. Quarante jours de voyage.*

*C. : Les Russes raflaient des gens pour maintenir le même compte de prisonniers, c'est ça ?*

*M^me^ K. : Voilà. Il fallait qu'ils arrivent avec le nombre d'inscrits au départ. Donc ils ont ramassé n'importe qui. C'est seulement, je crois, quand ils ont passé la frontière, qu'ils n'ont plus essayé, parce qu'en Russie ils ne pouvaient quand même pas ramasser des Russes. Ils étaient tellement serrés dans le wagon, papa a dit : « On était debout, on pouvait rien faire, on pissait sur soi et n'importe quoi et on se touchait de tous les côtés. On n'est pas morts de froid parce qu'on était toujours les uns sur les autres et tout. » Et quand ils sont arrivés en Russie, ils ont encore essayé de dire qu'ils avaient des papiers, qu'ils n'étaient pas allemands. Quand quelqu'un montrait quelque chose, on le lui enlevait et on le jetait tout de suite. Alors papa a dit : « Surtout, cachons nos papiers dans nos chaussures parce que sinon, plus tard, on n'aura jamais la possibilité de prouver qu'on a rien à chercher ici. On nous traite comme des prisonniers allemands. N'importe quoi ! » Quand ils sont descendus du train en Sibérie, ils étaient tellement à bout qu'ils ne pouvaient pas marcher jusqu'au camp. Il y avait des charrettes dans lesquelles on les jetait et on les charriait et il y en a qui arrivaient vivants, il y en a qui n'arrivaient pas vivants. Lui, il pesait, je crois, trente-six kilos, puisqu'ils les ont pesés ; on les a déshabillés, on leur a enlevé les poux, comme si c'était leur seul souci. Après ils ont atterri dans des dortoirs où on a un petit peu nourri et un petit peu soigné ceux dont on pensait qu'ils vont vivre. Ils n'étaient pas dans le même truc, la même baraque, avec son frère Zoltán. C'est papa qui a commencé à grimper la nuit, à chercher. Il l'a déniché. Alors là, ils ont fait leur programme. Il faut faire très attention de pouvoir prouver un jour qui on est vraiment. Et ça, ça a duré je ne sais pas combien de temps, jusqu'à ce qu'ils se soient rétablis, jusqu'à se mettre debout, puisque, à la fin, ils les ont mis dans les mines d'asbeste. Tu sais ce que c'est, l'asbeste ?*

*C. : C'est le minerai d'amiante, non ?*
*M^me^ K. : Oui, oui, c'est ça.*

*C. : C'était quand même un meilleur traitement que les nazis, non ?*

*M^me^ K. : Une fois arrivés dans les camps, on n'avait pas de quoi les soigner vraiment, mais on les laissait vivre. On n'a tué personne. Il fallait que chaque survivant signe un papier où il reconnaissait que sa place est dans le camp, parce que s'il disait qu'on l'a amené par erreur, alors là, c'était la fin, oui ? Donc, il fallait reconnaître toujours que, bon, ben, étant un prisonnier de guerre justifiable, on est ici, c'est normal. Alors ça, tout le monde l'a signé. Tu sais que ton père, il était très intelligent. Il ne se laissait pas faire, mais il savait quand il y avait des partenaires avec lesquels on ne peut absolument pas négocier. Il a dit à Zoltán : « Maintenant il faut essayer de se faire des grades à l'intérieur du camp, parce qu'ici, en Sibérie derrière l'Oural, ce n'est pas la peine de se sauver. » D'ailleurs on ne les gardait pas. Il a dit : « On aurait pu quitter le camp très facilement mais sans aucune chance d'arriver nulle part au monde. Il fallait attendre, attendre, trouver des grades et inventer quelque chose. » Et c'est comme ça que pendant ces deux ans, il s'est lié avec des officiers femmes russes,* [elle rit] *jusqu'à ce qu'on lui donne un statut de garde à l'intérieur du camp et qu'on lui confie d'accompagner un train. Tous les quatre-vingt-dix ne sont pas arrivés jusqu'à là-bas, et au retour il n'en restait que trois, Papa, Zoltán et un troisième qui ont fait le chemin de retour, les autres non, la majeure partie était morte à l'aller.*

*C. : Il a eu des histoires sentimentales avec ces officiers femmes ?*

*M^me K. : Il m'avait dit qu'il ne s'est pas gêné, si c'était ça qu'il fallait pour qu'elles marchent un peu avec lui, il a dit : « J'ai pas réfléchi une seconde. » Dans ces camps, il y avait pas mal d'officiers femmes, parce que les hommes devaient se battre et allaient je ne sais pas où.*

*C. : Et les femmes couchaient avec les prisonniers ?*

*M^me K. : S'ils leur plaisaient, elles couchaient avec les prisonniers. Il m'a dit quand même : « J'ai fait mon ascension grâce aux femmes. » Il fallait faire attention de ne pas en avoir une qui est jalouse de l'autre ou quoi que ce soit, et il m'avait dit : « Sans elles on n'aurait pas pu sortir de là-bas. » Donc, entre-temps, on a reconnu qu'ils ne sont pas des criminels de guerre, ils sont des prisonniers. Les Russes ont fait un accord avec la Hongrie qu'ils les rendent pour faire un geste. Il s'est formé un train, et c'est avec ce train-là qu'ils ont fait le voyage dans l'autre sens. Quand ils sont arrivés à la frontière, ils se sont sauvés. Ils n'ont pas accompagné le train jusqu'au camp où il fallait se rendre parce qu'il avait peur qu'on les ramène, comme c'était prévu. La Hongrie était occupée par les Russes, il fallait faire très attention de pas se faire remarquer, alors ils sont allés dans des familles, ils ont demandé des vêtements, de nouveau. Avec les vêtements qu'ils avaient sur eux, il n'était pas possible de circuler, et de fil en aiguille, ils sont arrivés jusqu'à Budapest. Ils ont appris que leurs parents, en principe, étaient décédés, partis dans des camps.*

*C. : Ils sont partis où, tu sais ?*
*Mme K. : Peut-être à Auschwitz parce que les premières expéditions de chez nous étaient vers Auschwitz... Son frère médecin avec sa femme avaient été déportés.*

*C. : Quel frère ?*
*Mme K. : C'était Pal.*

*C. : Il est mort de quoi, lui ?*
*Mme K. : Il a été tué.*

*C. : Tué comment ?*
*Mme K. : Dans le camp. Lui, il était dans un camp. Sa femme a tout de suite été gazée parce qu'elle était enceinte. La femme de Zoltán, qui était avec eux, a été*

*tuée parce qu'elle avait l'enfant de quelqu'un d'autre qui était trop fatigué, elle l'a pris dans ses bras pour le tenir, on a soupçonné que c'est son enfant.*

*C. : Alors la femme de Zoltán, elle était juive aussi ?*
*M^me^ K. : Oui, sûrement... Ils étaient juifs, tous.*

# 12

Monsieur Bloom avait désigné la porte en suffoquant ; Christian était sorti sans un regard pour les femmes, tout à sa colère et au soulagement de l'avoir laissée éclater. Il marchait depuis quelques minutes d'un pas nerveux dans les rues désertes de Bel Air lorsque la voiture de Ruth arriva à sa hauteur. Elle baissa sa vitre pour lui demander de monter, mais il la congédia d'un geste sec. Elle roula un moment à ses côtés ; il refusa de se retourner vers elle et ne vit pas son visage luisant de larmes. La voiture s'arrêta. Désemparée, Ruth regarda son grand amour français disparaître de sa vie dans la nuit californienne, silhouette incongrue de marcheur solitaire aventuré en territoire automobile.

Il parcourut plusieurs kilomètres avant de trouver un motel où il décida de dormir, trop survolté pour supporter les commentaires probables de Newman. Le réceptionniste fut surpris de voir arriver le premier client à pied de sa carrière. Dans la chambre, il s'allongea sur l'un des mauvais lits jumeaux, laissa vagabonder ses pensées devant un film d'épouvante, hachuré sur l'écran d'une télévision en noir et blanc. Désormais, il déciderait seul de sa judéité. Du moins face aux juifs. Les antisémites ne lui avaient jamais laissé le choix. Le vampire mordit la jeune fille à la gorge. Il se demandait s'il était spontanément attiré par le judaïsme ou si son rejet par Yvon et les autres l'avait contraint à s'y intéresser. Le loup-garou bondit sur le jeune homme pour le déchiqueter. Ce qu'il avait entrevu de la religion lui semblait plus astreignant encore que la pesante liturgie catholique de son enfance. Le monstre du lac mit le feu à la maison où dormaient les bambins. Et si son prénom ne l'avait pas protégé de la perspicacité de la famille de Dominique, il aurait dû alerter monsieur Bloom. La momie fit s'écrouler le British Museum sur l'archéologue. Et pourtant il aimait Woody Allen, Claude Berri et le *Violon sur le toit*; un juif de circonstance, de pacotille, d'opérette, voilà ce qu'il était. L'eau monta rapidement dans le souterrain du château et engloutit la tête de Christian qui fut réveillé en sursaut par la sonnerie du téléphone. Il était en nage, tout habillé sur les couvertures.

– *Jo reggelt kivánok, Királyi Ur*[1].

– Quoi ? Allô ? *Yes ?*

– Bonjour monsieur Királyi, il est huit heures, reprit en anglais la grave voix masculine, avec l'accent de son père.

À la télévision, un homme coiffé d'un postiche préparait des *pancakes* à côté d'une blonde peroxydée. Christian se passa de l'eau sur le visage et descendit rapidement. Le

1. « Bonjour monsieur Kiralyi » en hongrois.

réceptionniste de jour avait la soixantaine, il était grand, mince, le cheveu calamistré, d'une morgue désuète dans son costume sombre. Christian lui remit sa clé.

– Vous devez être monsieur Királyi, n'est-ce pas ?

– Oui.

– Et vous ne parlez pas le hongrois ?

– Non, mes parents ne m'ont pas appris.

– Criminels !

Voilà que les Hongrois s'y mettaient, eux aussi. Il était temps de rentrer. L'Amérique se passerait de lui.

– Dommage pour vous, j'allais vous faire une réduction, conclut le Magyar.

Newman tomba d'accord pour reporter son projet. Le financement tardait toujours et l'enthousiasme avait molli. Christian fit ses adieux à la Californie. Dans un accès de mauvaise conscience, il rappela Ruth qui n'espérait plus et passa quelques nuits chez elle. Ils parlèrent peu, mangèrent mexicain, écoutèrent de la musique psychédélique, firent beaucoup l'amour, mais bien que le corps y fût encore, le cœur n'y était plus. Au bout d'une semaine, il monta seul dans un taxi pour l'aéroport ; Newman était retenu au studio ; Ruth avait commencé une ode intitulée *Panethnica* et ne voulait plus pleurer devant lui. Douze heures d'avion plus tard, il tombait dans les bras de Gábor. Dans ses valises, il rapportait des dizaines de tee-shirts ornés de dessins humoristiques introuvables en France, un nouveau trésor à partager avec son frère. Pour le reste, il était fauché.

Le grand prit soin du petit, plus sonné par son voyage qu'il ne l'admettait. Il combla son découvert en banque, lui offrit de dîner avec lui tous les soirs qu'il voulut, l'engagea à reprendre la peinture tant qu'il n'aurait pas retrouvé de contrat cinématographique. Christian était gêné de ces soins, confus devant la prodigalité financière dont il faisait l'objet. Gábor lui remémorait ses largesses du Quartier latin, bières et toiles, quelques années auparavant.

– Je n'avais presque pas d'argent de poche, et tu dépensais tout ce que tu gagnais pour nous deux. Aujourd'hui, je fais la même chose avec des revenus d'adulte, voilà.

Ce fut Pierre Thibert qui le sauva. Une société de production de banlieue cherchait des animateurs expérimentés pour une série de films techniques sur la maintenance des avions de chasse. Débordé, Pierre avait songé à Christian pour le remplacer. Après les paillettes d'Hollywood, la chute était vertigineuse, mais le travail concret et convenablement payé. Il musela son antimilitarisme de principe et signa un contrat confidentiel-défense. Rien de ce qu'il verrait, entendrait ou apprendrait dans le cadre de cet emploi ne devait être rapporté à qui que ce fût, où que ce fût, quand que ce fût. Il trahit cet engagement dès le premier soir au cours d'un dîner arrosé avec Gábor, Gégé, Bernard et Jipé, auxquels il décrivit par le menu les consignes de sécurité du siège éjectable du Mirage F1, qu'un mécanicien de la base de Reims avait négligées récemment, se faisant projeter par mégarde sur le plafond du hangar où il travaillait.

– Et qu'est-ce qui lui est arrivé ? demanda Gégé, hilare.

– Il a fait un trou dans le toit et il est mort. Je ne vous parle pas du nettoyage.

Ils burent à la santé de l'imprudent en s'esclaffant. Ils n'aimaient pas l'armée. Aucun d'eux n'avait fait son service militaire, réformé chacun pour une raison différente : myopie, pieds plats, asociabilité. La nation ne devait pas être mise en danger par les racontars de Christian ; il travailla de longs mois sur ces sujets austères et n'y trouva bientôt plus matière à ricaner.

Pierre Thibert était le seul ami d'enfance avec lequel il avait gardé des liens. Après leurs études, les autres s'étaient dispersés dans la finance ou l'industrie et n'avaient pas cru à son destin artistique. Gégé, Bernard et Jipé lui tenaient lieu de copains de classe, et Gábor s'en félicitait, profitant en même temps de son frère et de sa bande.

La disparition de monsieur Királyi avait laissé Gábor et Christian dans des postures et des sentiments opposés. Le plus jeune se sentit libéré du totem séculaire projetant son ombre jusqu'aux derniers recoins de son existence, intimidant dans le face-à-face et menaçant dans l'absence. Gábor compensa le manque de son père en prenant sa suite. Il s'occupa de la succession, de la vente de l'appartement, du reversement de la retraite de monsieur Királyi, suggéra des opérations destinées à réduire la pression fiscale, fit ouvrir à sa mère et son frère des comptes dans sa banque, où il pouvait leur garantir une bienveillance de privilégiés. Sa secrétaire personnelle prit en charge la gestion matérielle des dossiers de chacun. Il continua de fréquenter le cercle et tutoya les compagnons de backgammon de son père ; il y invitait parfois Christian à déjeuner, qui acceptait sans débattre, maussade et cravaté. Il rendait souvent visite à sa mère, négociait des travaux de maintenance avec les paysans du coin, organisait des coupes et vendait du bois, s'occupait de faire restaurer la toiture de la maison. Il restait dîner et l'interrogeait sur sa jeunesse hongroise, fasciné comme son père par ses origines aristocratiques.

Madame Királyi regrettait l'absence de Christian, s'inquiétait de son avenir, comptait sur Gábor pour exercer une discrète surveillance sur son petit frère. Elle copinait avec les veuves du village, faisait son potager, entretenait la modeste tombe derrière l'église. Elle ne souffrait pas de la solitude, elle souffrait du manque de son homme. À une jeune femme qui lui disait qu'elle avait de la chance d'avoir deux enfants, elle répondit qu'elle avait choisi son mari, tandis que ses fils, elle n'avait fait que les avoir.

Lorsque l'appartement finit par trouver acquéreur, il fallut le vider. Madame Királyi convoqua les frères pour le partage des meubles, des livres et des souvenirs. Sur une feuille de papier arrachée à un vieux cahier elle traça deux lignes verticales, délimitant trois colonnes intitulées « Gábor », « Christian », « moi ». On passa de pièce en pièce, on vota, on attribua. Gábor récupéra des portraits d'ancêtres titrés, des dessertes à dessus de marbre, une table à rallonges, la bibliothèque et ses volumes reliés, un voltaire au cuir craquelé dans lequel son père aimait regarder la télévision. Christian fit l'impasse sur presque tout. Seul le bureau à cylindre Louis XVI où monsieur Királyi rangeait ses papiers l'intéressait, pourtant loin de son goût pour le contemporain. Il l'obtint par défaut. Comme lors de la répartition des chambres entre les garçons, Gábor eut l'impression diffuse de s'être fait duper, sans savoir en quoi. Christian installerait bientôt sa machine à écrire sur le beau meuble, pour signifier son besoin de désacraliser l'absence du patriarche.

Les bibelots furent moins aisés à distribuer. Un chandelier rappelait Noël, une statuette recollée faisait revivre les colères homériques de papa, la multitude de cendriers évoquait ses années de tabagisme. Les yeux humides, Maman mettait nombre d'objets de côté.

– On verra plus tard, mes chéris, quand je serai apaisée. Pauvre Papuska[1]...

Avec sa part du produit de la vente de l'appartement, Gábor décida de se loger. Christian se mit en tête d'investir la sienne dans la création d'une galerie d'art où il entendait exposer les œuvres qu'il n'avait pas encore commencées. Il passa son temps libre à la recherche d'un local, appelant son frère à chaque coup de cœur, lui demandant de traverser Paris toutes affaires cessantes pour donner son approbation à l'achat immédiat. Gábor avait des avis, des idées et beaucoup de réserves à opposer aux emballements de Christian. Il était trop risqué d'ouvrir

1. Prononcer « Papouchka ».

un nouvel espace dans un quartier où la peinture ne s'exposait pas d'ordinaire. Il fallait racheter un fonds en activité, ou s'installer au voisinage de la concurrence. Et dans les deux cas, cela coûtait cher et ne laissait plus de quoi engager de personnel pour tenir l'affaire.

– Je pourrais m'en charger, proposa Christian.

– Mais tu as du travail, un métier que tu ne dois pas abandonner, objecta Gábor.

– Je peux vivre de peu, tu sais. Je l'ai déjà fait.

– La faim n'a jamais rendu la peinture meilleure.

– Tu peins, toi, maintenant ?

Pour défendre ses projets, Christian disposait de réserves inépuisables de mauvaise foi.

– Ta misère était très relative, voire confortable, reprit Gábor. Papa t'aurait aidé si tu avais daigné lui demander.

Et voilà. Même disparu, monsieur Királyi revenait l'empêcher de déployer ses ailes ankylosées.

– Permets-moi de te rappeler que c'est avec son pognon que tu vas l'ouvrir, ton gourbi.

Bien sûr, c'était avec son héritage qu'il s'installait, mais s'il était mort, ce n'était tout de même pas de sa faute. Et puis, à bien y réfléchir, c'était une façon – tardive – de nouer le lien qu'ils n'étaient jamais parvenus à établir, son père et lui.

Au bout de quelques mois de résistance, Gábor songea que la seule pédagogie efficace serait le dépôt de bilan ; il le laissa faire. Christian quitta son emploi et devint galeriste avec un seul peintre à exposer, au fond du treizième arrondissement. Il accrocha des toiles de factures disparates remontées de sa cave, organisa une frugale inauguration. Il ne manqua aucun fidèle :

madame Királyi, mal à l'aise de revenir à Paris, Gábor qui levait les yeux au ciel devant l'ineptie économique de son frangin, Gégé, Bernard et Jipé, allumés à la sangria, et Pierre Thibert qui fut le seul à faire coller un point rouge de réservation sur une encre de Chine immature représentant des visages grimaçants et des corps désarticulés.

Puis ce fut le vide. Christian passa des semaines de désœuvrement complet à guetter l'amateur qui ne venait pas, le chaland qui l'ignorait, la ménagère traînant son cabas de légumes sans un regard pour sa vitrine. Au bistrot de la rue Bobillot où il prenait ses repas, il apercevait chaque jour le mythique Paul Grimault, entouré d'une équipe de jeunes animateurs volubiles. Réalisateur de *La Bergère et le Ramoneur*, le premier long-métrage français d'animation, mutilé à sa sortie en 1953 par des producteurs indélicats, Grimault n'avait pu se défaire d'un regret lancinant. Il était parvenu à racheter le négatif du film et avait consacré sa vie à l'achever et le compléter selon son dessein originel, tel qu'il l'avait écrit avec Jacques Prévert. Grimault incarnait l'obstination, le courage et la probité artistique. Si Newman avait été là... Assis à quelques pas d'un de ses héros, Christian fut maintes fois tenté de traverser la salle enfumée pour aller lui parler, lui transmettre l'admiration de son mentor américain, proposer ses services. Il n'avait connu que la production institutionnelle et il aurait peut-être enfin accès au vrai cinéma. Le vieux maître était sémillant, bonhomme et peu intimidant. Mais Christian n'osa jamais s'approcher de sa table.

Il se replia sur sa galerie déserte, y apporta son matériel de peinture, puisa dans l'exemple de Grimault matière à justifier ses entêtements et retrouva l'angoisse de la toile blanche.

Gábor s'était acheté une maison à Marnes-la-Coquette, en banlieue ouest. Avec un jardin. Et des chambres d'amis. Sans voisinage immédiat. Un paradis, malgré l'absence de transports en commun. Mais les frères Királyi et leurs meilleurs potes avaient tous des bagnoles pour s'y rendre. Ils disposaient là-bas de suffisamment de lits pour cuver leurs débordements. On pouvait mettre la musique à fond. Même à quatre heures du matin. On pouvait pisser à l'air libre. Et même dégueuler sur les plantes. Mais ça, Gábor était contre. On n'avait plus seize ans, les mecs. Et il était propriétaire.

Pourtant, il y avait du Peter Pan en Gábor, qui avait décoré sa nouvelle demeure comme il avait toujours arrangé ses chambres d'enfant, en juxtaposant tout ce qu'il aimait sans aucune conscience du hiatus des styles. Un Mickey de néon coloré clignotait près d'un pastel du baron István encadré à la feuille d'or. Çà et là, une piste de dés, une table de bridge déployée en permanence, avec cartes et jetons pour le poker, un flipper *Liberty Belle*, le voltaire paternel, un pouf marocain et des bouteilles de vieil armagnac. En semaine, il y avait la banque, ses lambris et les dîners d'affaires, le week-end, la maison et ses fêtes interminables. On jouait beaucoup, on fumait pour une vie, on buvait sans prudence. Les filles furent longues à venir.

Gábor organisa un anniversaire géant pour ses trente ans. Traiteur hors de prix, déluge de boissons, disques d'importation américains introuvables en France, rien ne manqua pour rendre la manifestation inoubliable. Les amis des amis vinrent avec leurs amies. Les anciennes camarades de fac arrivèrent par vagues, chacune un cadeau à la main. Les femmes avaient enfin trouvé le chemin de l'eldorado des garçons. La Françoise de Gábor répondit à l'invitation. Elle avait à peine changé depuis les années cinéphiles du Quartier latin et se présenta à la grille du jardin accompagnée d'une charmante copine de boulot, vive, élancée, pas bégueule, qui plut aussitôt aux deux frères. Anne déclencha une rivalité immédiate entre Gábor et Christian, qui en oublièrent le reste de l'assistance, empressés à lui servir à boire, à la faire danser, à tenter de la faire rire, de l'intéresser à leur conversation, sans crainte de se ridiculiser. Gábor l'emporta de haute lutte, car il disposait d'arguments insurpassables : il était à chaque rencontre prêt à s'engager pour la vie, et Anne, comme ses devancières, le sentit tout de suite et considéra avec un désir inattendu ce jeune homme singulier qui ne voyait plus qu'elle. La disco emplissait la tiède nuit printanière, exaltait les cœurs, faisait chavirer les corps dans les sofas, les lits et les massifs de fleurs. Christian reporta son envie déçue sur Françoise qui l'accueillit dans ses bras avec le frisson de l'inédit. Et, tandis que Gábor se fiançait dès le premier soir, il rendait ses baisers passionnés à cette femme qui avait si bien connu son lit et son grand frère et dont le parfum capiteux lui rappelait des nuits de frustration dans le studio qu'il occupait toujours. C'est là qu'il l'emmena faire l'amour au petit jour, alors qu'Anne et Gábor dormaient main dans la main dans leur future chambre conjugale. Deux irréductibles titubaient sur des slows poisseux ; Jipé soliloquait en vidant une bouteille de vieille prune au goulot ; Bernard vomissait dans les parterres ; Gégé était rentré depuis longtemps.

Une semaine plus tard, Gábor et Anne s'envolaient pour la Grèce. Le soir même, sur les hauteurs de Santorin, ils se jurèrent fidélité éternelle, choisirent une date pour leur mariage et Gábor photographia le coucher de soleil. Sous prétexte de gardiennage, Christian vint dormir avec Françoise dans la maison de son frère et ne manqua pas de forniquer tout son soûl sur le grand lit de sa chambre. Elle trouvait son jeune amant imprévisible, drôle et tendre, à la fois semblable et différent du Gábor qu'elle se rappelait.

– Différent comment ? Mieux ou moins bien ?

Elle refusa de répondre.

# 13

Gábor prit par l'autoroute. Il roulait vite depuis toujours et n'avait plus conduit que des voitures puissantes dès qu'il en avait eu les moyens. À cinquante ans passés, il se rappelait encore avec nostalgie le bruit du moteur de la Golf GTI qu'il avait achetée juste avant son premier divorce. Il avait pensé « premier », car il craignait que son histoire conjugale ne fût en train de bégayer. Remarié depuis quatorze ans avec Anne, il avait vécu de façon exemplaire aux yeux du monde. Ses fils Miklós, Zoltán et Tibor étaient l'incarnation de cette réussite ; il s'était approché des modèles sacrés de la famille, le sacrifice du baron et l'inégalable fusion des époux Királyi. Christian s'était-il laissé intimider par la perfection de ces unions incomparables ? Gábor avait le sentiment que son frère était en amour un réticent permanent, plus intéressé par les conquêtes que les liaisons elles-mêmes, semblant ne pas souffrir de son absence de descendance. Lui avait fini par accepter le schéma familial ordinaire, voulu reproduire ce qu'il avait reçu et transmettre quelques fragments de sa Hongrie imaginaire à ses bambins français.

Gábor fonçait dans la nuit tombée vers la maison de campagne en se demandant s'il oserait aborder avec sa mère la question de son éventuel divorce. Il n'avait rien à reprocher à Anne. Peut-être un manque d'aspérités ou un défaut d'aspirations personnelles. Et sans doute trop de sagesse sensuelle. Gábor s'était juré de lui rester fidèle, digne héritier de la droiture qu'il prêtait à son père – le mythe était à ce prix de foi.

Et voilà qu'elle avait déboulé, gamine mal dégrossie, capricieuse et exigeante, avec des moues de princesse au petit pois : Zoé était tombée dans ses bras et son cœur sans qu'il ait rien vu venir, ni démon ni midi, et il se retrouvait, comme nombre de ses amis quinquagénaires, à mentir à son épouse, à recoiffer avec inquiétude sa calvitie dans tous les miroirs et à garder dans sa poche la clé de l'appartement de son petit frère, où il faisait le bureau buissonnier érotique avec une fille dont il aurait pu être le père. Zoé était inconsciente mais sincèrement amoureuse. Et donc irrésistible. Fallait-il divorcer d'Anne pour autant ? Ses enfants pourraient-ils le comprendre ? Le devaient-ils ? Anne ne se leurrait pas sur leur mariage boiteux. Ne lui serait-il pas profitable de se retrouver libre elle aussi et de glaner ailleurs les émotions qui avaient fui sa maison ? Il n'envisageait cette hypothèse que parce qu'elle l'arrangeait. Il était con, comme les autres.

Sa mère avait mal accueilli son premier divorce, pas mécontente cependant de l'éviction d'une belle-fille qu'elle n'aimait pas. En catholique pratiquante et bourgeoise installée, elle avait considéré que c'était une chose qui ne se faisait pas. Mais la personnalité attachante d'Anne et la venue des petits-enfants l'avaient par la suite convaincue des bienfaits de la procédure. Avec Miklós, Zoltán et Tibor, l'échange entre belle-mère et bru avait tourné à la connivence. Anne se rendait souvent dans l'Oise, où elle avait appris la cuisine hongroise, où madame Királyi lisait aux minots les contes de Grimm en faisant des mimiques, où les deux femmes parlaient pédiatrie, scolarité et nutrition. Gábor se trouvait parfois exclu de l'éducation de ses fils ; il s'était évincé lui-même : surcroît de travail, week-ends de chasse, nuits de poker et maintenant Zoé.

Mais rester dans le grand lit morose en rêvant à sa bondissante maîtresse, prendre Anne en grippe pour ce qu'elle n'était pas, devenir amer, puis cassant, agacé par les enfants, déserter son domicile à la première occasion, était-ce là un avenir acceptable, même pour elle ? Ou pour les gosses ? Il dînait déjà un soir sur deux avec Zoé et n'évitait plus les restaurants où il risquait de tomber sur des connaissances ; il aspirait inconsciemment à être découvert, dénoncé et poussé au divorce sans avoir à le décider. Il accepterait tous les torts, ferait à Anne une situation matérielle très enviable, pourvu qu'il n'y eût pas de conflit sur le droit de visite aux enfants. Il affronterait alors le père de Zoé, ancien collègue de sa première banque, auquel il ferait la démonstration de leur passion irrépressible, à la gamine et à lui. Mauvais film. Il avait même délaissé Gégé,

Bernard et Jipé, dont il ne supportait pas les regards chargés de sous-entendus, pour les turbulents copains de la petite. Très mauvais film. Il se refusait à lui demander ce qu'elle lui trouvait, satisfait chaque jour de lui plaire malgré sa couronne de cheveux blancs, sa barbe finement taillée de notable, le poids contre lequel il luttait, le cou amaigri dans des cols de chemises qui bâillaient désormais. Il était chaviré par son corps souple et rond de très jeune femme, sa peau luisante après l'étreinte, son ventre ferme et rebondi, sa poitrine opulente où il enfouissait son visage pour oublier le monde. Dans quel état serait-il dix ans plus tard, quand elle aurait à peine trente ans ? Lui aurait-il fait des enfants ? L'aurait-elle quitté pour un homme de son âge, chevelu, vigoureux ? Quitterait-il son épouse parce que ses seins étaient trop menus ? Quel con, vraiment.

En tournant dans l'allée qui mène à la maison, il découvrit dans la lumière de ses phares la voiture de Christian garée le long du mur dégoulinant de lierre. Lorsqu'il entra dans la cuisine, son frère achevait de ranger un magnétophone dans un sac en plastique où se trouvaient déjà trois cassettes. Gábor sentit une gêne qu'il effaça d'un « Tiens, qu'est-ce que tu fous là ? » suivi d'un « Bonsoir, maman » et de la bise qui accompagnait la salutation.

– Pourquoi tu n'as pas téléphoné ? dit-elle.

– Je ne sais pas, j'ai décidé au dernier moment.

– Et toi, qu'est-ce que tu fous là ? demanda Christian, sans sarcasme.

– Je suis venu me promener dans la forêt, j'ai besoin de me détendre.

Gábor avait suivi les traces de son père, qui avait continué, jusqu'à la fin, de faire un tour régulier de la propriété, la carabine à l'épaule, sans presque plus jamais tirer de coups de feu. Gábor portait son chapeau, sa cape en loden trop courte pour sa haute taille, et son arme préférée dont il avait fait ajuster la crosse à ses mensurations.

– Et toi ? C'est rare de te voir ici, dit Gábor à Christian.

– J'avais besoin de parler à maman.

– Très bien, très bien...

Madame Királyi intervint.

– Puisque vous êtes ici tous les deux, je vais vous préparer un dîner, oui ? Christian, tu restes. Pas de discussion. Alors, dis-moi, Gábor chéri, comment ils vont, Anne et les garçons ?

– Très bien, très bien...

Madame Királyi faisait la vaisselle après chaque repas, quelle que fût l'heure. Après avoir essuyé puis rangé la dernière assiette, elle revint vers ses fils restés à table. Elle les embrassa tour à tour, leur traça à chacun une croix sur le front d'un mouvement rapide du pouce avant de leur donner une petite tape sur la joue, comme lorsqu'ils étaient petits. Elle monta lentement les escaliers sous le regard affectueux de ses enfants. On entendit claquer la porte de sa chambre.

Gábor désigna le sac en plastique d'un coup de menton.

– Qu'est-ce qu'il y a là-dedans ?

Christian hésita à répondre, puis se lança.

– Un magnétophone. Je suis venu l'enregistrer avant qu'elle n'oublie tout. Je trouve qu'elle fatigue.

– Encore tes juiveries ?

– Encore mes juiveries, exactement.

– T'énerve pas, petit, tout baigne.

Ils étaient assis, face à face, sous la lumière crue du plafonnier. L'année précédente, Christian s'était laissé pousser la même barbe que son frère. Comme lui, il avait perdu beaucoup de cheveux, et comme lui, il avait blanchi. Gábor avait de nouveau besoin de lunettes, surtout le soir. Ils se regardèrent, soudain frappés par leur ressemblance.

– On a quand même deux belles gueules de rabbins, tu ne trouves pas ?

Gábor éclata de rire.

– Tu fais chier, Super Hébreu... Qu'est-ce qui te plaît tellement dans tout ça ?

– Et toi, qu'est-ce qui te déplaît ?

À la différence de Christian, personne dans sa jeunesse n'avait reconnu Gábor pour juif et, à l'adolescence, il avait troqué son catholicisme pratiquant contre un hédonisme athée souvent empreint de nostalgie magyare. Il n'était cependant pas dupe de son penchant pour l'Est et s'estimait pareil à son petit frère, un vrai Français, juste un rien métissé... Comme Christian, il ne parlait toujours pas le hongrois et partageait avec ses parents la lecture d'un seul livre, *Les Garçons de la rue Paul* de Ferenc Molnár, mais l'évocation des terres perdues et du titre de son grand-père le plongeait à chaque fois dans des rêveries où il courait d'un bal à la cour de Vienne à une partie de chasse en Ruthénie subcarpatique. Il ignorait où cela se trouvait sur la carte, mais vibrait aux consonances dépaysantes du nom exotique. L'aristocratie hongroise lui plaisait, tout bonnement. Juif, non, il ne l'était pas et ne souhaitait pas l'être.

– Pourquoi, ça pue ?

– Couillon.

Selon Gábor, la judéité ne pouvait être une affectation, ce qu'il reprochait à Christian. Elle n'avait été qu'un poids et une source de malheur pour leurs parents, persécutés par des salauds obstinés pour des déviances ou des fautes imaginaires, au point qu'ils avaient résolu de l'enfouir et de ne pas la transmettre à leurs enfants. C'était simple, il ne faisait que se conformer à leur volonté. Bien sûr, à la banque et dans les entreprises qu'il visitait, il avait croisé quelques juifs qui l'avaient pris pour l'un des leurs et lui avaient consenti des privilèges. Il en avait été assez gêné, puis avait laissé croire et laissé faire. Les affaires sont les affaires. Mais jamais il n'avait assisté à une *bar-mitsvah* ni à un *séder.* Il acceptait les avantages, refusait de donner des gages et trouvait que Christian en faisait trop.

– Malgré les blagues et l'accent yiddish – que tu imites très bien, d'ailleurs –, tu n'es pas plus juif que moi. C'est toi qui cours derrière cette identité.

– Et toi, tu n'es pas plus hongrois que moi.

Selon Christian, le goût de Gábor pour la Hongrie était un snobisme sans profits. Qui cela pouvait-il bien épater ? Pas Gégé, Bernard et Jipé.

Anne ? En son temps la famille de Coralie ? Les copains de Miklós, Zoltán et Tibor, jaloux de leurs prénoms bizarres ?

Un silence sépara les deux frères. Une braise craqua dans la cuisinière à bois. Christian reprit la parole.

– Je pense à un truc. Si papa ne m'aimait pas, c'est parce que je lui rappelais la part pénible de ses origines. Toi, tu étais demandeur de celle dont il était fier, violon et paprika compris.

– Tu dis n'importe quoi, il nous a aimés autant l'un que l'autre, répondit Gábor en se levant. Je t'ai déjà expliqué. Vous n'avez pas su vous trouver, c'est dommage, mais c'est tout.

Christian connaissait la thèse de son frère, mais ne pouvait s'en satisfaire et cherchait toujours. Il sourit, triste.

– Tu te racontes des histoires, je t'assure, reprit Gábor.

– À propos d'histoires, j'en ai une. C'est un juif et un goy...

– Pas maintenant, si tu veux bien, je suis crevé.

Christian essaierait sa blague sur les coiffeurs une autre fois. Gábor l'accompagna jusqu'à sa voiture.

– Tu es sûr que tu dois rentrer ?

Gábor regarda les feux rouges disparaître au coin de l'allée. Ce qu'il n'avait pas avoué à son frère, c'était que sa condition de juif potentiel lui faisait peur, qu'il fuyait les occasions de se faire désigner, qu'il triait ses fréquentations selon ce critère de prudence, qu'il éprouvait une sorte de défiance lointaine, pour ne pas dire d'antisémitisme *ultra mild*. Et qu'il exécrait ce sentiment. Christian avait suivi le parcours inverse. Après ses ratés américains, il avait recherché la compagnie de personnages moins radicaux que le père de Ruth, dans le but d'apprendre auprès d'eux les rudiments qui lui permettraient de se proclamer membre incontesté de la diaspora. Avec Woody Allen pour chef de file et Albert Einstein pour ange tutélaire, il était plutôt chic « d'en être ».

C'est au cours de cette quête qu'il avait découvert le monde séfarade. Après avoir abandonné tout espoir de succès dans la diffusion de ses œuvres, Christian avait mis la galerie Királyi en vente, terrassé par les frais généraux et l'absence de clients. Franck Benchetrit cherchait un local pour y installer un vidéoclub. Il visita, mesura, fit des allers et retours dans la pièce principale, explora la remise, revint et s'arrêta devant un tableau lointainement inspiré d'une toile que Christian avait remarquée lors de son premier dîner chez Goldenberg avec Newman.

– Il est juif, le peintre qui a fait ça ?

– Non, je ne sais pas, peut-être. Pourquoi ?

– Je trouve ça très beau. Il doit être juif pour peindre comme ça.

– C'est moi.

– C'est la première fois que je rencontre un artiste.

Être juif donnait du talent, à présent ? Christian accepta le compliment sans faire de manières. Une longue conversation passionnée s'ensuivit, se prolongea au bistrot, puis chez Franck, qui habitait une tour de l'avenue de Choisy. Sur le palier, sa porte était flanquée d'une *mezouza*[1]*;* une *menora*[2] ornait le buffet de la salle à manger ; au mur de la cuisine, une main de fatma portait bonheur. Tous les juifs que Christian avait connus jusque-là portaient des noms germaniques, polonais, ou anglais dérivés de l'allemand, comme Bloom pour Blum et Newman pour Neumann. Né en France, fils de rapatriés d'Algérie, Benchetrit affichait un judaïsme confiant et hospitalier, mais restait vigilant, disait-il, tant la défiance naturelle des goys envers la communauté était enracinée.

Ils dînèrent de boulettes de viande kascher que lui préparait sa mère et de vin israélien. Christian s'étonna une nouvelle fois d'avoir été reconnu – il avait pensé « démasqué ». Franck était euphorique et apporta une bouteille d'anisette ; il allait tout lui apprendre, l'emmener à la synagogue, lui organiser une *bar-mitsvah* tardive, lui trouver une fiancée juive... Lorsqu'ils se quittèrent, ivres morts, ils étaient convenus de se partager la galerie, mi-vidéoclub, mi-espace d'exposition « Parce que c'est bon pour nous, comme on dit chez nous ». Rentré chez lui, Christian vomit les boulettes de madame Benchetrit, mais cette fois, l'alcool était seul responsable de son indisposition ; la judaïté, elle, sentait bon.

---

1. Petit rouleau de parchemin contenant certains passages de la bible, traditionnellement fixé dans un étui sur les montants des portes d'une habitation juive.
2. Chandelier, le plus souvent à sept branches, emblème traditionnel du judaïsme.

Hormis Christian, la galerie Királyi n'avait exposé que trois artistes, deux abstraits lyriques et un symboliste postmoderne, découverts parmi les animateurs de dessins animés, créateurs radicaux, véhéments et frustrés. Il ne fut pas très difficile de leur rendre leurs invendus ; le marché était truqué, ils l'avaient tous dit. Les films de karaté, de science-fiction et d'aventures voisinèrent bientôt avec la production récente de Christian, des toiles expressionnistes démodées, qu'il avait peintes dans la remise. *Les Hassidim dansant,* qui avaient tant plu à Franck, étaient maintenant en vitrine, seul vestige public de ses recherches antérieures. Des copains et des copines de Franck entraient, sortaient, livraient des colis, embarquaient des cartons, empruntaient des cassettes sans prendre d'abonnement. La réserve débordait de marchandises promises à d'autres commerces et les tableaux étaient enfouis, inaccessibles. Tout ce monde parlait fort, s'habillait voyant, se donnait l'accolade, se donnait en spectacle, certains portaient des étoiles de David autour du cou. Accepté, adopté, embrassé, Christian topait au moindre prétexte, riait bruyamment, lâchait parfois un mot de yiddish pour faire bonne mesure. On allait manger le couscous à Belleville et on buvait toujours cet épouvantable vin israélien. Il raconta son histoire, expliqua l'ignorance de la religion dans laquelle on l'avait tenu. Les autres s'étonnèrent, le plaignirent, jugèrent son père. Christian se raidit.

– Franck, tu as toujours tes grands-parents ?

– Oui, bien sûr.

– Et toi, William ? Et toi, Marc ? Corinne ?

– Oui, oui, on les adore, pourquoi tu demandes ça ?

– Pour vous aider à piger que vous ne pouvez pas juger ce que vous ne connaissez pas. Moi-même, je ne suis pas certain d'avoir compris mon père.

Un grand froid s'abattit sur les Méditerranéens. Franck fut le plus brave.

– Oui, mais quand t'es feuj, t'es feuj !

Feuj ! Christian ne supportait pas cette dénomination édulcorante.

– Ah oui, comme les keums et les meufs qui se sont fait zéga par les zinas à Schwitzau !

On était juif ou on ne l'était pas, mais on l'était dans l'ordre.

– Et SS, en verlan, vous le dites comment ?

Après cette sortie, les conversations entre Franck et Christian furent à la fois plus tendues et plus sincères. Adieu synagogue, *shabbat*, et *bar-mitsvah*, Christian était le juif qu'il pouvait. Franck voyait des antisémites en tout contradicteur, brandissait la déportation comme un étendard, invoquait les millions de victimes à tout bout de champ, soutenait sans condition Israël où il rêvait d'émigrer, tandis que Christian pensait sans oser le dire que, si le rapatriement des Français d'Algérie avait été une tragédie bien réelle, elle ne rivalisait en rien avec l'abomination de l'extermination nazie. L'idée même de cette compétition macabre lui était insupportable.

– Franck, cesse de pleurer mes morts plus fort que moi.

La boutique marchait mal, les cassettes pornos remplacèrent peu à peu les films d'amour. Avec la nouvelle orientation de son établissement, Franck trouva que les *Hassidim* n'avaient plus leur place en vitrine. Christian trouva que la vidéo n'avait plus sa place dans sa galerie. Il la remit en vente. Une transaction fut vite conclue avec une femme qui souhaitait ouvrir un magasin de journaux. « Bonne chance » pensèrent Franck et Christian en déménageant qui ses VHS, qui son œuvre presque intégrale. En trois ans, Christian n'avait vendu que cinq toiles, dont une à Pierre Thibert, deux à des artistes qu'il avait exposés, une à Gábor pour le principe et une à Philippe, un camarade de classe, tombé en panne d'essence devant sa vitrine et frappé de reconnaître une affiche du ciné-club de son lycée, retouchée sommairement pour en faire disparaître le titre et la transformer en tableau. Christian offrit les *Hassidim dansant* à Franck et reçut en plein cœur le regard incrédule et exalté de son ex-associé. Franck voulut toper, Christian préféra une poignée de main. Juste cette fois. Ils restèrent bons amis et dînèrent souvent ensemble. Franck s'accordait un écart charcutier de temps en temps. Christian venait faire *shabbat* à l'occasion.

La vente de la galerie avait permis à Christian d'acheter le petit appartement où il vivait depuis. Il entra dans le séjour obscur, fatigué par la route et l'heure tardive, posa le sac contenant le magnétophone et les cassettes sur le bureau à cylindre, se passa de l'eau sur le visage avant de s'affaler sur son lit, sans prendre conscience de l'effort que lui avaient demandé l'interview de sa mère et la conversation avec son frère. Il sombra dans un sommeil fragile, traversé de cauchemars à répétition où, vêtu d'un caftan et coiffé d'un large feutre noir d'où dépassaient des papillotes, il échappait à un pogrom mené à cheval par Gábor, superbe en pourpoint brodé et toque de noble hongrois.

Gábor se leva très tôt pour surprendre les animaux dans la lumière bleue du jour naissant ; l'aube et le crépuscule sont des moments privilégiés pour l'observation et le compte des chevreuils, qui suivent dans la forêt des itinéraires réguliers quand on ne les dérange pas trop souvent. Son père lui avait tout enseigné de la chasse : la traque du gibier, l'étude des comportements, l'évaluation de l'âge du sujet, l'opportunité de l'abattage. Il aperçut un mâle broutant, paisible, au bout d'une allée dégagée. C'était un vieux brocard, d'au moins sept ans, peut-être huit, aux bois parfaitement formés. Il se tenait de profil et Gábor avait le vent de face. Il prit la carabine en main, s'allongea très lentement dans l'herbe mouillée, le mit en joue. La croix de la lunette s'immobilisa sur la poitrine, au défaut de l'épaule. Gábor enleva la sécurité, arma la double détente, retint sa respiration. Le coup partit, réverbéré par la futaie et les vallons alentour. Des pigeons s'envolèrent dans un fracas de plumes affolées. Le brocard tomba sur le flanc, sans un râle. *Blattschuß,* touché en plein cœur. C'était décidé, il divorçait.

# 14

Le 10 mai 1981, François Mitterrand fut élu président de la République française. Seuls de leur groupe d'amis, Gábor et Christian ne parvinrent pas à se réjouir. Le 23 juin, quatre ministres communistes entraient au gouvernement, confirmant leur mauvais pressentiment.

– On n'a plus qu'à retourner en Hongrie, dit Gábor au téléphone à son frère.

– Fais chauffer la bagnole, j'arrive.

Christian monta dîner à Marnes. Était-ce par dérision ? Anne avait préparé du *pörkölt,* qu'elle réussissait très bien maintenant. La soirée fut morose. Les frangins se voyaient retenus derrière un nouveau Rideau de fer. Anne était enfin enceinte et trouvait l'avenir radieux. Comment faire partager les leçons antisoviétiques de leur père à une jeune femme qui n'avait jamais voyagé plus à l'est que Lausanne et considérait leurs frayeurs comme désuètes et risibles ? Monsieur Királyi leur avait souvent expliqué le principe du noyautage des services publics, la précipitation du pays dans la grève générale et le désordre, avant le coup de force et la prise de pouvoir irréversible.

– Les transports sont aux mains d'un rouge,

Anne ! Rends-toi compte, se lamentait Gábor.

– Nous sommes en France et Georges Marchais n'est pas Brejnev.

– Il a quand même approuvé l'invasion russe de l'Afghanistan en direct à la télé depuis Moscou, renchérit Christian.

– Qui veut du dessert ?

Avec son ventre rond, ses lèvres acidulées et ses yeux brillants, Anne était irrésistible. Les garçons reprirent deux fois du gâteau au café selon la recette de maman Királyi.

– C'est toujours ça que les Popovs n'auront pas !

Terrée à la campagne, leur mère se préparait au pire, soulagée toutefois que son mari n'ait pas vécu pour voir le désastre. Lors de leur arrivée en France, il avait cherché à poursuivre leur émigration vers les États-Unis, ou plus modestement l'Afrique du Nord, souhaitant interposer au moins une mer entre Staline et lui.

Miklos naquit à l'automne, trois kilos cinq, braillard, le portrait de son papa, les yeux de sa maman, rien à signaler. Tonton Christian était perplexe devant ce bébé qui signifiait que son frère était désormais un adulte à part entière. Lui se sentait loin de sauter le pas, et bondissait d'historiette en bluette avec un goût prononcé pour les belles étrangères, sa façon personnelle de proclamer la singularité de ses origines. Le prénom hongrois du neveu lui semblait un peu voyant pour un amateur de Chambolle-Musigny, mais Anne paraissait enchantée, ses parents résignés, Gábor content de lui et madame Királyi très touchée, car c'était ainsi que s'appelait son père. Il serait baptisé à la campagne dans l'église où on avait célébré les funérailles de monsieur Királyi.

– Miklós, franchement... Et pourquoi pas Pinocchio ?

Décidément, Christian ne s'y faisait pas. Il fut choisi comme parrain, sans qu'on lui demandât son avis. Il refusa, devenu trop sincèrement athée pour se livrer à ce qu'il considérait comme un simulacre, trop agacé par sa judaïté problématique pour prendre une part active à un quelconque sacrement catholique. Il ne les rejoindrait que pour le buffet organisé dans le jardin par un traiteur picard sous une tente de location à larges rayures de cabine de bains. Gábor et sa mère complotèrent longuement, puis lui mentirent sur l'horaire de la cérémonie et de la réception. Christian se mit en route sans se méfier, persuadé d'arriver bien après la mascarade. Lorsqu'il descendit de voiture tout sourire, il se fit proprement embarquer par son frère jusqu'à l'église, où le prêtre n'attendait que lui pour commencer.

– Et... comment s'appelle le parrain ? demanda-t-il à Gábor.

– Christian.

– Un très beau prénom, qui nous rappelle le Messie, fils de Notre Seigneur, reprit monsieur le curé. Christian donc, guidera le jeune Miclosse...

– Miklós, rectifia Anne, qui avait appris.

– Miklós [1], donc, sera guidé par Christian sur la voie de Dieu...

1. Prononcer « Miclauche ».

– Je lui apprendrai surtout à boire, à fumer et à parler aux filles, ronchonna Christian, ruminant sa colère.

Madame Királyi avait l'oreille fine pour ce qui la fâchait. Elle jeta un regard paralysant à son fils, qui en resta la bouche entrouverte. Elle était catholique et pieuse, la seule de leur famille à trouver un sens aux mots de l'abbé. Tout à sa rage d'avoir été piégé, Christian l'avait oublié. Ils s'évitèrent le reste de l'après-midi. Par respect pour les croyances des autres, le fils s'imposait de ne jamais assister à un quelconque office afin de rester sincère. La mère considérait qu'une fois dans l'église, il aurait aussi bien fait de se taire. Elle avait reçu sa repartie comme une offense personnelle.

Gábor était un père comblé, il avait une femme charmante, une belle-famille pas trop encombrante et un frère fouteur de merde. Il avait souri en entendant Christian grommeler près du prêtre, mais s'était recomposé en apercevant lui aussi le terrible coup d'œil de sa mère. Miklós devenait chrétien selon le souhait de l'ensemble de ses grands-parents, le disparu y compris, mais ne pouvait avoir d'autre parrain que son oncle, si impie fût-il. Gábor faisait ainsi à son frangin une déclaration d'amour que Christian n'entendait pas. Tant pis, c'était fait. Il voulut lui donner sa recette du bonheur.

– Grandis, fais comme moi. Trouve-toi une gentille et fais des enfants. C'est tout con, mais c'est extraordinaire.

À la maternité, Christian avait vu Gábor s'extasier devant la taille des testicules de son rejeton, enorgueilli au-delà du décent de la transmission de sa virilité remarquable aux générations futures. Il ne savait pas que tous les bébés mâles sont ainsi disproportionnés à la naissance. Nul ne l'en informa.

– Fais des petits, je te jure, tu n'en reviendras pas.

Non, Christian ne se voyait pas en prosélyte de la banalité familiale française, malgré son attrait pour sa langue maternelle, la grandeur de la littérature nationale dont il était fervent lecteur et son attachement à l'école de la République, qui avait façonné sa culture bien plus profondément que ses parents. S'il donnait un jour des rejetons à la nation, il les voudrait métissés d'un apport supplémentaire, d'origines assez diverses pour n'être plus significatives. Une autre manière de s'assimiler, se disait-il.

Ruth donna l'adresse de Christian à ses amies qui visitaient la France. Une après l'autre, il les rencontra, les jaugea, les conquit. Il y eut une romancière en attente de première publication, une artiste conceptuelle qui créait des installations de sucre en poudre et de farine sur lit de plâtre, une étudiante en droit obsédée par l'hygiène. Une après l'autre, elles repartirent en jurant de revenir bientôt. Aucune ne revint, mais il ne les regretta pas. Elles étaient toutes jolies, étourdies par la beauté de Paris, la profusion des musées, la multiplicité des mets et des vins qu'il leur faisait goûter dans des restaurants inconnus de leurs guides américains. Loin de leurs bases, elles se donnaient à se perdre, pariaient sur un possible changement de vie ; Christian était peut-être le prince charmant, le *French lover* de leurs rêves. Il en avait la suavité, la culture, le costume, et il parlait anglais. Elles étaient prêtes à rester, à apprendre sa langue, en travaillant comme libraires chez Brentano's, en devenant serveuses s'il le fallait. Profitant d'une séduction toute faite, il les laissait espérer le temps d'un voyage inoubliable, puis, à l'approche des déclarations définitives, devenait ombrageux, distant, absent, français. Et elles rentraient, déçues, troublées, malheureuses, s'accusant d'un échec qu'elles ne savaient pas annoncé. Après quelques lettres auxquelles il ne répondait pas, elles se résignaient, gardant au cœur la nostalgie d'un amour irremplaçable. Christian aurait convolé avec la première à voir en lui autre chose qu'une icône de Parisien, de rapin, d'artiste maudit mais pas trop fauché. Leurs enfants seraient nés avec une double nationalité salvatrice ; vivant, son père aurait approuvé. Mais aucune ne retira ses lunettes à voir les Français en rose, et il n'en retint aucune.

Habitée par une jeune mère et son petit garçon, la maison de Marnes n'offrait plus les commodités d'origine ; Gégé, Bernard et Jipé firent moins souvent le détour. Les parties de poker furent transférées chez Christian, dont l'appartement modeste était à portée de taxi pour ceux qui avaient trop bu, et constamment enfumé, ce qui facilitait le tabagisme. Bon père et bon époux, Gábor rechignait à quitter sa famille le week-end et laissait la bande taper le carton et la vieille prune sans lui. Christian avait retrouvé du travail – grâce à Pierre Thibert, comme il se devait – et menait grand train, grisé d'avoir remplacé son frère auprès de ses copains d'enfance. Lorsque Gábor les rejoignait pour une occasionnelle nuit de cartes, de cigares et de libations, il ne manquait pas d'émettre des réserves sur les havanes et les alcools que Christian avait achetés sans lui demander conseil.

– C'est toi qui reçois, gamin, tu fais comme tu veux.

Durant les premiers mois de la présidence de François Mitterrand, nul n'aurait prédit la décadence du parti communiste, qu'il fût opposant ou militant. L'anxiété de Gábor et Christian s'atténua avec le temps qui passait, plutôt rassurant. La France resta démocratique et les frères Királyi ne se firent pas hongrois. Miklós marcha très tôt et devint le sujet principal des photographies de son père, sur lesquelles Anne n'apparaissait que lorsqu'elle le tenait dans ses bras. Et comme il refusa vite de se laisser porter, elle disparut des clichés. Mais elle était fière de son mari et de son fils, heureuse de leur relation fusionnelle, dont elle ne se sentait pas exclue, confiante dans sa calme séduction et certaine de ses maternités à venir. La grand-mère hongroise vantait la beauté du bébé dans toute la Picardie, gardant les plus choisis de ses adjectifs pour sa conversation nocturne avec son défunt Victor.

Gégé, Bernard et Jipé annoncèrent tour à tour leurs projets de mariage avec des filles dont personne n'avait entendu parler. L'épidémie avait épargné Christian, toujours pas tenté par la paternité ; il sortit peu à peu du champ d'attention de sa mère. Lorsque Anne et Gábor ne lui amenaient pas son petit-fils, madame Királyi faisait le voyage de Marnes, restait volontiers coucher, puis repartait de bon matin sans avoir téléphoné à son cadet. Des années plus tard, il le lui fit remarquer, un soir de Noël tandis que ses neveux ouvraient leurs cadeaux.

– Tu n'as pas d'enfants et tu ne demandes jamais rien. Je ne sais pas quoi faire pour toi, répondit-elle, simple.

Les seuls rapports tangibles de madame Királyi à sa famille étaient le service rendu et la dévotion. L'amour et la tendresse n'avaient pas de support.

Avec ces fiançailles en rafale et la dérive Fisher-Price de son frère, Christian se retrouva de nouveau seul. Ne se résignant pas à convoler pour le principe, par conformisme ou par dépit, il décida de ne pas trop traîner en ville le soir et de consacrer ses week-ends à la peinture. La faillite de sa galerie et le pitoyable résultat financier de son association avec Franck lui avaient laissé un arrière-goût de salissure que seul le retour à la création désintéressée pourrait évacuer. Il débarrassa sa table des piles de papiers en souffrance et y posa ses couleurs, vélins et pinceaux, toiles et apprêts, ainsi disponibles à chaque instant pour matérialiser tout élan, idée, fulgurance qui lui viendraient, le jour, la nuit, en semaine ou le dimanche. Il ne dîna plus que debout dans sa petite cuisine, en règle avec sa conscience d'artiste plus paresseux que maudit. Il eut beau donner ainsi tous les gages de bonne volonté possibles à l'inspiration, elle ne vint pas. Ce fut

Philippe, l'un des cinq clients valeureux de sa défunte galerie, qui téléphona un soir.

– Les affiches du ciné-club, il t'en reste d'autres ?

– Oui, quelques-unes, pourquoi ?

– Si tu as encore celle d'*Un chien andalou,* je te l'achète.

– Passe à la maison.

Philippe arriva dans la demi-heure. Il fut déçu de revoir la gouache besogneuse, image simple recopiée dans un dictionnaire de films. Sa mémoire l'avait trompé. Il traversait une période de fouille compulsive de son passé, ne pouvait se retenir d'appeler les camarades de lycée dont il parvenait à retrouver la trace, pour échanger des photographies, des anecdotes, des souvenirs, évocateurs, singuliers, futiles ou banals. Frappé par la maladie d'Alzheimer, son père ne le reconnaissait plus que rarement. Philippe ressassait sa propre histoire par compensation, pour conjurer sa peur ; cette archéologie de son adolescence, cette frayeur intime d'être atteint de la même affection l'aidaient à prendre une part de la disparition attendue, à braver le destin. Il s'excusa.

– Tu as raison, ce n'est pas terrible, admit Christian pour empêcher le silence de s'installer. Je te la donne, si tu veux.

– Non merci.

Cette franchise fut le catalyseur d'une amitié indestructible. Philippe était d'origine polonaise, travaillait dans une agence d'événementiel, s'était marié trois ans auparavant avec une femme de son âge qui avait déjà deux enfants ; elle dirigeait un institut de pédopsychiatrie, avait divorcé pour épouser Philippe ; il était heureux en ménage mais passait beaucoup de temps auprès de ses parents car l'état de son père empirait ; sa mère avait acheté une concession perpétuelle pour deux au cimetière juif de Bagneux.

– Tu es juif, toi ?

– Oui, bien sûr, pourquoi ?

– Loudmer, c'est un nom juif ? Je n'aurais jamais deviné, ça fait plutôt penser à un vieux marin. Je suis nul.

Philippe et Christian n'étaient ni plus ni moins juifs l'un que l'autre, ils étaient équitablement dotés en ignorance de leur extraction. Ils ne savaient pas que les patronymes formés à partir d'appellations de lieux sont souvent signes de judéité. Ils ignoraient que Királyi était une petite agglomération de Slovaquie, que cela voulait dire « royal », que Loudmer venait de Lodmer, l'un des noms hébraïques de la ville de Wlodzimierz. Et quand ils l'auraient su, ils se seraient moqués d'apprendre où tout cela se trouvait. Ils vidèrent les bouteilles de vieille prune en quelques rendez-vous et passèrent à la vodka. Philippe arborait une fierté polonaise à peine documentée, qui rappelait à Christian le chauvinisme hongrois de son frère. Son épouse Catherine s'en amusait, s'accommodait de ses cuites régulières et fit bon accueil au nouvel ami qu'il lui présenta. Christian montrait beaucoup d'intérêt pour les cas de schizophrénie qu'elle décrivait avec vivacité et passait volontiers ses soirées auprès du couple. Il avait trouvé son double en fausse judaïté, il se sentait apaisé. La peinture attendrait.

Gábor s'ennuyait dans sa banque. Le chemin vers les sphères élevées de la hiérarchie était barré par une coterie de cadres cramponnés à leurs postes, dans l'attente d'une retraite toujours retardée. La routine et la brimade constante de ses initiatives avaient lassé son appétit de conquête. À se contenter d'être le plus jeune fondé de pouvoir, il finirait vieux, comme les autres. Gérer les comptes de sa famille était une commodité, pas un projet, et les revenus erratiques de Christian lui valaient plus de tracas que de compliments de sa direction. Au bout de quelques années, il décida d'investir dans la société de conseil patrimonial que constituait Gégé, usé de son côté par les prudences d'un autre employeur frileux. En rassemblant les documents requis, il découvrit que sa carte d'identité était périmée. Avant d'aller au bureau le lendemain, il ferait le détour du commissariat.

Le temps gris est propice aux démarches administratives. Gábor entra dans le bâtiment, un rien contrarié d'avoir eu à se garer très loin, alors que des espaces de stationnement nombreux et inoccupés étaient réservés aux véhicules de police devant la porte. Un agent l'arrêta dans son élan, puis le renseigna. Il remercia timidement ; depuis ses foucades de mai 1968, il adoptait toujours en présence de la force publique une attitude involontaire de culpabilité qui l'insupportait. Il arracha un numéro d'ordre à un distributeur et commença d'attendre. Il regretta de n'avoir pas emporté de journal pour tromper son ennui. Devant lui, une femme en Chanel réclamait à tue-tête un passeport pour le jour même – elle devait se rendre d'urgence aux sports d'hiver en

Suisse – à un fonctionnaire antillais peu sensible à son problème. Lorsqu'elle finit par se soumettre à la loi générale de l'égalité devant la bureaucratie, elle laissa face à face un Gábor irrité et un flic agacé par un quart d'heure de palabres avec une bourgeoise méprisante. Gábor posa sa carte d'identité délabrée par les années de portefeuille devant le policier, expliqua sa requête et se vit confier un formulaire à remplir. Il s'écarta pour y inscrire les informations demandées, perdit son tour, se remit dans la file avec le papier, qu'il déposa devant le même fonctionnaire dix minutes plus tard.

– Là, je lis « père né à Nitra, Tchécoslovaquie », et là « mère née à Linz, Autriche », dit celui-ci.

– Oui, et alors ? dit Gábor, pressentant l'incident.

– Il va falloir me prouver votre nationalité française.

– Mes parents ont été naturalisés et je suis devenu français en même temps qu'eux.

– Et comment je le sais, cela, moi, monsieur ?

– Écoutez, c'est simple, pour avoir une carte d'identité, il faut avoir la nationalité. J'ai une carte, donc je suis français, donc je peux demander une autre carte en prouvant ma nationalité avec la première.

– Ah non, monsieur, cela n'est pas si simple. Ici, dans les Hauts-de-Seine, nous testons la nouvelle carte inviolable, et nous devons vérifier de nouveau la nationalité des impétrants nés de parents étrangers.

– Vous voulez dire que ma vieille carte est peut-être fausse ?

– Je n'ai pas dit cela, monsieur.

– Ou bien que ma nationalité est remise en question parce que la carte passe du carton au plastique ?

– Je n'ai pas dit cela non plus, monsieur.

L'intonation caraïbe et les « monsieur » commençaient à l'exaspérer.

– Alors, vous dites quoi, monsieur ? articula Gábor.

– Il va falloir me prouver votre nationalité française, voilà ce que je dis.

Des pensées pas très convenables s'entrechoquèrent dans l'esprit de Gábor. Ce n'était pas un Antillais, incapable de parler français sans accent, qui allait décider s'il était français ou pas. Il avait pensé « un Noir ». Il s'en voulut, s'enragea de plus belle.

– Alors, qu'est-ce que vous me conseillez, monsieur l'officier ? De demander l'asile politique ?

– Je ne suis pas officier, à mon grand regret, et je vous conseille de ne pas le prendre sur ce ton.

Gábor était bien forcé de l'admettre, il était bien moins français que le flic ; il était de la couleur la plus répandue, c'était tout. Bel avantage. Il pensa à Christian qui voulait être juif en plus. Il allait le mettre en garde. Profil bas, petit frère, tu feras le malin après le renouvellement de tes papiers.

– Rassemblez les pièces attestant la naturalisation de vos parents et la vôtre, et revenez me voir. Bonne journée, monsieur. Au suivant !

Madame Királyi avait conservé tous les documents relatifs à son changement de nationalité avec piété. Quelques photocopies et la lecture d'un journal dans la file d'attente régleraient le problème la semaine suivante, Gábor resterait français.

Le père de Philippe mourut sans prévenir. On eût dit qu'il avait oublié de continuer à vivre, tout bêtement. La famille Loudmer n'était pas plus nombreuse que celle de Christian ; on lui demanda de venir à l'enterrement. Un soleil éclatant baignait le cimetière d'une gaieté paradoxale. Philippe, son épouse et ses deux enfants, sa mère, un rabbin, un croque-mort, un fossoyeur, quatre cousins éloignés et un voisin très âgé, se tenaient près du cercueil posé sur des tréteaux. Certains avaient déchiré un coin de leur vêtement en signe de deuil. Raide sous sa kippa d'emprunt, Christian resta à l'écart. Il ne pouvait s'empêcher de comparer le dispositif avec celui des funérailles chrétiennes de son propre père. La modestie rapprochait les deux événements. La retenue des épouses, la dignité des descendants étaient les mêmes. Les parcours des hommes étaient dissemblables, le père de Philippe ne s'était pas converti et, s'il n'avait rien enseigné du judaïsme à son fils, il ne lui en avait rien caché... Et le fils ignorant lui avait quand même organisé des obsèques religieuses. La cérémonie fut courte. À peine un bref éloge du défunt lorsque l'on descendit la bière en terre. En conclusion vint le moment traditionnel du *Kaddish des orphelins*, prière qui ne peut être récitée qu'en présence d'un *minyan*, assemblée d'au moins dix hommes ayant atteint leur majorité religieuse. Le rabbin regarda les présents et compta. Philippe, un, les deux professionnels du tombeau qu'il connaissait bien, font trois, les quatre cousins, sept, le vieillard et lui-même, neuf... Il s'arrêta sur Christian, figé quelques pas en retrait. Désemparé, celui-ci chercha le regard de Philippe pendant un instant qui lui parut interminable.

– Oui, il est juif, dit enfin Philippe.

« Oui », fit Christian de la tête au rabbin qui l'invita à s'approcher. Le *Kaddish* commença, Christian remua les lèvres comme il put pour simuler sa participation. Pendant les condoléances, Philippe attira Christian contre son cœur en une étreinte nouvelle entre eux.

– Merci, lui murmura-t-il à l'oreille.

– De rien, répondit Christian en réprimant son émotion.

Il tremblait sur ses jambes. Il refusa poliment de partager la collation qu'avait préparée la famille. Il s'enfuit, plus qu'il ne partit du cimetière, se mit à courir en boitillant vers sa voiture dès la grille franchie. Il était exténué. Il avait accompli sa première action assumée en tant que juif.

# 15

Christian était venu récupérer les transcriptions de l'interview de sa mère, qu'il avait commandées à une secrétaire de la production où il travaillait. Quatre-vingt-six feuillets bien remplis, un long travail.

– J'ai reproduit toutes ses fautes de français, comme vous me l'avez demandé.

– Merci, Pauline. Combien je vous dois, finalement ?

Elle dansait d'un pied sur l'autre dans l'entrée de son petit deux-pièces, embarrassée par le chiffre à annoncer.

– Dites-moi la vérité, Pauline, je sais que ça vous a pris beaucoup plus de temps que prévu, répondit Christian en jouant dans sa poche avec les billets qu'il avait apportés pour elle.

– Monsieur Christian...

– Autrement, c'est moi qui serai gêné.

– Ben... Six mille cinq cents... Si c'est possible.

Et vlan... La connaissance avait un prix. Il n'avait pas retiré assez d'espèces. Il compléta la somme avec un chèque. Il se redit qu'il avait bien fait d'interroger sa mère, qu'il ne regrettait pas, mais alors pas du tout. Gábor accepterait-il de partager les frais ? Non. Pas pour ses juiveries ; il n'y avait pas grand-chose dans le texte qui parlât des jours heureux de l'insouciant baron avant la guerre. Il aurait dû lui poser deux ou trois questions sur le sujet, histoire d'amortir la dépense.

– Vous voulez un café ? J'en ai du tout fait.

À six mille cinq cents balles, il voulait bien un café, oui, même réchauffé. Elle versa deux grandes tasses d'un jus qui restait la journée durant dans une cafetière électrique fatiguée. Cuit et recuit, le caoua. Dégueulasse. Oui, du sucre, pour une fois, ça aiderait à l'avaler. Elle le regarda un instant sans parler. Il se demanda pourquoi il avait accepté. Elle se lança.

– C'est très émouvant, ce qu'elle raconte votre maman.

Elle avait dit « maman ». Pourquoi tout le monde disait-il « maman » ? Est-ce que les mères avaient disparu du tissu social ? L'infantilisation du langage était-elle nécessaire au progrès de la communication ? Était-elle inévitable ? Même dans la presse, même à la télévision ?

– Ma mère, oui, elle est touchante, je crois.

– Si, si, sincèrement, en tapant le texte, je... Vous permettez ?

Elle saisit l'enveloppe où étaient rangées les transcriptions, l'ouvrit et en tira la liasse de papier. Elle la feuilleta en cherchant quelque chose de précis.

– Déjà, le fait qu'elle ne connaisse pas le mot diaspora... C'est... c'est...

Elle tournait les pages avec méthode.

– Ah, tiens, voilà, quand sa mère doit se cacher et qu'elle ne supporte pas...

Elle se mit à lire, en respectant tous les accidents de langage. Il resta la tasse en l'air.

« *C'est là, ça a commencé à basculer, l'occupation, c'est là que papa a caché maman. Au bout de deux mois ou trois, elle était trop malheureuse et il voulait la sauver de la dépression. Elle était prête à tout faire, jusqu'à même se supprimer, si ça pouvait libérer la famille de la persécution juive. Mais enfin, ça, papa le lui a interdit, en disant qu'en faisant ça, elle ruinerait la famille. Après, elle a voulu divorcer, elle voulait disparaître. Tout, oui. Finalement elle a craqué là où elle était en disant : "Je voudrais rentrer un peu à la maison, je n'en peux plus", et papa lui a permis de rentrer et il ne s'est rien passé quand elle est rentrée.* »

Christian vit le visage de Pauline s'éclairer, annonçant la suite. Il posa son café.

« *À ce moment-là, ils ont décidé qu'ils ne se sépareront plus : ou c'est vraiment le déluge et il n'y a vraiment plus rien à faire, ou ça passera. Et papa avait toujours dit qu'ils ne sont pas des assassins, qu'ils n'ont jamais fait de mal à personne, ni rien, et il ne peut pas errer à travers son pays, et il ne peut pas laisser maman seule. Ce n'est pas possible. Il ne peut pas se cacher parce que j'existe, moi sa fille. Et il ne veut pas se cacher. Donc ça a duré jusqu'à ce que les Croix fléchées sont arrivées au gouvernement. Tout a été balayé, et là, ils ont voulu tout faire comme les Allemands, exporter, déporter et tout ce que tu veux.* »

Pauline accéléra le rythme de sa lecture. Christian entendait les mots de sa mère prononcés par une jeune voix française dans l'ordre exact où elle les avait dits quelques jours plus tôt. Le pittoresque avait disparu, il restait la calme douleur de la mémoire. Et le trouble de la jeune femme qui continuait de lire, de plus en plus vite.

« *Le 15 novembre, je suis allée pour essayer de les voir dans la prison, une grande bastille à Komárom. Ils n'étaient pas encore déportés de la Hongrie. On m'a dit qu'on ne peut pas les voir.* » Là on l'entend taper sur la table. Elle dit : « *Ils ont été ramassés à leur domicile.* » Là c'est vous qui parlez : « *Mais pourquoi est-ce qu'on a ramassé ton père ?* » Elle vous répond : « *Ah, parce que de toute manière, dans les mariages mixtes, ils ont emmené toujours tous les deux, l'homme et la femme. Ils ont ramassé aussi tous les Tsiganes. Ils n'avaient pas assez de juifs à ramasser. Ils voulaient faire leur déportation pour les camps de concentration. À Verebély, près d'où on habitait, il y avait toute une petite ville de Tsiganes qui s'étaient posés, si tu veux, c'étaient des musiciens et tout, c'étaient pas des nomades, oui ? Plus assez de juifs, ils prenaient les Tsiganes, c'est mieux, sémite pour sémite. Et donc on les a amenés et on a commencé à les trier là-bas sur place.* »

Christian était décontenancé. L'histoire de sa mère devenait de l'Histoire.

« *Mais moi, j'ai perdu ma mémoire, je ne suis pas restée dans un état normal. Un ami de l'université m'a accompagnée jusqu'à la prison à Komárom pour m'aider. C'était un garçon dont je ne savais pas qu'il était juif et qu'il vivait avec des faux papiers et tout. Il n'était pas copain dans le sens amoureux ou quoi, mais il avait toujours un œil sur moi parce que lui il savait, il était un des rares qui savaient que j'avais des ennuis juifs, que j'étais à moitié juive. Il est allé dans l'université vérifier un petit peu les papiers, il connaissait quelqu'un qui l'aidait, il a regardé et il a trouvé que partout mes papiers étaient soulignés. Parce que dans mes papiers, c'était encore marqué. J'ai même des papiers où pour maman était marqué « religion israélite». Je ne comprends même pas. Je peux pas te dire pourquoi...»*

Pauline s'interrompit, releva les yeux vers Christian.

– C'est fou qu'elle dise «ennuis juifs», remarqua-t-il. Je n'avais pas fait attention quand je l'ai enregistrée.

Elle ne répondit pas.

– Vous prononcez très bien les noms de villes.

– Ma grand-mère est hongroise de Transylvanie. Je n'ai aucun mérite.

Christian sourit. Elle ajouta :

– À la fin de la dernière cassette, il n'y a pratiquement plus que vous qui parlez. Vous êtes très véhément. Vous avez l'air très en colère.

Christian finit sa tasse de café sans commenter, en s'efforçant de ne pas grimacer. Elle rangea les feuillets. Il ramassa son enveloppe. Elle l'accompagna à la porte. Il y eut un silence. Long. Elle approcha doucement son visage du sien.

– Je n'ai jamais fait l'amour avec un juif.

– Si je peux rendre service... s'entendit répondre Christian.

Zoé avait donné rendez-vous à Gábor chez Christian. Elle semblait pressée de le voir, alors qu'elle avait été difficile à joindre pendant des jours. Lui-même était impatient de lui annoncer sa décision de divorcer. Elle était en retard, comme d'habitude. Il l'attendit en sifflant les canettes de son frère, exalté à l'idée de recouvrer sa liberté, plus fébrile après chaque gorgée de bière et chaque minute d'attente. On sonna à la porte, il bondit pour ouvrir. Il la prit dans ses bras et comprit dans l'instant qu'il se passait quelque chose d'anormal. Elle était restée raide sous le baiser qu'elle lui avait à peine rendu, ne s'était pas cambrée en pressant son ventre contre sa jambe, comme lors de toutes leurs retrouvailles.

– Gábor...

Pour la première fois, il n'aima pas son prénom dans sa bouche.

– Oui, Zoé ?

– Gábor, il faut qu'on parle.

L'appartement se mit à tourner autour de lui. Ça y était, elle ne l'aimait plus. Elle ne l'aimait plus le jour où il allait enfin être tout à elle. Non, peut-être que non, elle n'avait encore rien dit, elle n'avait pas dit cela, ni qu'elle ne l'aimait plus, ni qu'elle l'aimait. D'habitude, elle lui disait tout le temps qu'elle l'aimait. Elle n'avait encore rien dit.

– Oui, Zoé. De quoi faut-il qu'on parle ?

– On ne peut pas continuer.

– Tu ne m'aimes plus, je le savais.

– Non, Gábor, je t'aime. C'est pour ça qu'on ne peut plus continuer.

C'était suffisamment paradoxal pour lui laisser une chance. Il avait craint cet instant pendant des mois, il s'y était préparé, comme à l'inévitable. Il lui restait des arguments, il allait la convaincre.

– On ne se quitte pas parce qu'on s'aime, Zoé, c'est absurde.

Elle eut un sourire amer.

– Pardonne-moi d'insister, mais c'est idiot.

Il voulut la toucher, alerter ses sens pour la faire fléchir. Elle se déroba.

– Je t'aime, Gábor. Je n'aime que toi, je pense à toi tout le temps, je ne suis bien qu'avec toi. Mais j'ai peur. Notre différence d'âge me fout les boules. Je ne me vois pas dans vingt ans, à quarante balais, avec un homme de soixante-dix piges. Je veux que mes mômes aient un père, pas un papy. Et j'aurais tant voulu des enfants de toi. Il faut arrêter parce que je préfère souffrir aujourd'hui, espérer guérir et redevenir normale, plutôt que d'en chier quand ce sera trop tard. Merde !

Elle fondit en larmes et se laissa tomber sur le canapé. Il resta debout, à osciller, en se disant que la douleur n'améliorait pas son vocabulaire. Lui aussi, il en chiait, et maintenant. Pleure sur toi, ma fille. Tu me tues et tu ne me vois pas crever. Non, non, et non. Ça ne pouvait pas se terminer comme ça. Impossible. Pas beau, pas juste. Il s'assit près d'elle, l'enlaça ; elle ne résista pas, posa sa tête de gamine ébouriffée sur son épaule, trempa sa chemise de ses pleurs. Il regardait dans le vide, la pensée paralysée par la terreur des lendemains sans elle. Zoé se blottit plus fort, tenta d'imprimer la forme de son corps sur sa poitrine, de se fondre en lui.

– Fais-moi l'amour une dernière fois, Gábor...

Il la souleva, l'emporta vers la petite chambre d'amis avec des précautions de pilleur de sarcophages. Il n'eut pas le temps de la poser sur le lit inconfortable qu'elle lui arrachait déjà ses vêtements. On entendit craquer son élégant coton anglais entre un dernier sanglot et un premier soupir, leurs chaussures projetées contre les murs, le froissement du pantalon et de la jupe, le crissement électrique de la culotte et du caleçon. Tout de suite, il fut en elle, debout, Zoé cramponnée à son torse. Jamais elle n'avait gémi si fort. Ni si tôt. Elle parla à son oreille, ce qu'elle ne faisait jamais.

– Je veux tout te donner, Gábor, que tu prennes tout de moi.

Lui l'aimait simplement, elle avait été le remède à cet attrait croissant pour la pornographie qui l'entraînait souvent, la nuit, loin de Marnes où dormait Anne, chez des professionnelles qui proposaient des spécialités « pour deux cents de plus, chéri ». L'avoir nue, se coucher sur elle, l'embrasser à pleine bouche, lui dire qu'elle était belle, regarder ses seins, ses gros seins, ses seins magnifiques. Zoé lui avait rendu sa fraîcheur d'adolescent. Elle se sépara de lui, posa les pieds au sol, se caressa la poitrine avec le sexe de Gábor mouillé par le sien, le prit entre ses lèvres, ce qu'elle n'avait jamais osé faire, se jeta sur les draps, l'attira vers elle, se retourna à quatre pattes, tendit la main, saisit de nouveau sa verge et la guida. Lorsqu'il comprit, Gábor fut réticent, désarçonné par cette invite qui ne lui ressemblait pas.

– Gábor, il faut que tu prennes tout... que je ne sois absolument plus vierge... plus du tout... pour personne après toi.

Il lui céda ; il lui cédait toujours. Elle cria. De douleur surtout. Il ne résista pas longtemps. Il jouit comme jamais ; elle était l'amante rêvée, la maîtresse idéale, la pute triomphante, la salope experte, la femme délicate qu'il aurait dû épouser, celle qui allait le détruire. Fallait-il se quitter pour que le plaisir fût si intense ? Ils s'écroulèrent sur le lit, moites, hors d'haleine, éreintés, silencieux dans la nuit tombée.

Gábor savait qu'il avait perdu, qu'il ne la retiendrait pas. Elle rompit soudain le long silence après la frénésie.

– C'est vrai, ce qu'il dit ton frère, que vous êtes juifs ?

– Lui, c'est possible. Moi, je ne crois pas.

Elle se leva, grimaça.

– J'ai mal au cul... lui dit-elle avec un petit rire gêné.

Elle ramassa ses vêtements épars dans le noir, fila vers la salle de bains. Il entendit couler la douche, puis claquer la porte d'entrée. Il pouvait enfin pleurer.

En descendant de chez Pauline, Christian composa le numéro de sa mère sur son téléphone portable.

– Allô, maman, ça y est, je t'ai écoutée. J'ai baisé une Hongroise, enfin quart Hongroise, mais c'est un début.

Impossible. Même si madame Királyi était accoutumée à l'humour impertinent de ses fils. Il appuya sur le bouton rouge pour annuler l'appel. Il ne savait même pas s'il avait envie de revoir Pauline ; la présentation à la famille attendrait. Seulement, c'était la première fois qu'il draguait grâce à sa mère, c'était elle qui avait accompli le gros du travail, par cassettes interposées. La judéité à géométrie variable de Christian avait fait le reste. Et pour une fois, cela valait le coup. « Allô, maman, tu n'aurais pas des histoires pour se faire des Arabes, ou des Noires ? »

En rentrant chez lui, Christian était guilleret. Il s'examina dans la glace. Il n'avait toujours pas le nez crochu ni les cheveux noirs ou très bouclés. Il prit des poses, se fit des grimaces, des sourires, des clins d'œil. Le miroir lui renvoya l'image d'un juif incomplet mais séduisant. Pour un peu, il se serait adressé des compliments à haute voix. C'est alors qu'il entendit les sanglots de Gábor dans la chambre d'amis.

## 16

Ridicules dans leurs costumes semblables, Miklós et Zoltán se hissaient sur la pointe des pieds pour voir le prêtre verser l'eau sur le front de leur tout nouveau petit frère. Christian, ronchon derrière son pilier, le col ouvert en signe de protestation, trouvait que Gábor tournait mal. Mettre des cravates à des mômes de deux et quatre ans, franchement, c'était n'importe quoi.

– Monsieur Christian, veuillez vous rapprocher, dit le prêtre.

Être parrain des trois fils de son frère, est-ce que cela rimait à quelque chose ? Il se sentait le complice d'une sale manie. Pour monsieur le curé et lui, chaque baptême Királyi était un mauvais moment à passer, mais ils avaient un arrangement tacite : Christian ne parlait plus de filles et l'abbé ne s'étendait pas sur ses devoirs religieux. Le nouveau-né s'appelait Tibor, voilà qui aurait dû alimenter les conversations. Mais tout le monde semblait blasé. Dans la liste des prénoms hongrois courants, il ne restait guère qu'Attila pour animer un lunch d'après-église. Ce serait pour le quatrième, Gábor et Anne adoraient faire des enfants. Christian était venu avec

Sarah, sa compagne depuis un an, avec laquelle sa famille et tous ses amis lui suggéraient de se mettre en ménage et de suivre l'exemple procréateur de son grand frère. Madame Királyi adorait Sarah, qui était si gentille, si cultivée, si sérieuse, si parfaite, et qui parlait allemand avec une délicieuse pointe d'accent viennois. Enfin, cela, c'était madame Királyi qui le disait, car, pour ce que Christian entendait de cette langue, un accent de Carinthie aurait aussi bien fait l'affaire. Sarah papotait sous la tente à rayures avec la mère de Christian, en tenant le jeune Tibor dans ses bras pour soulager Anne et lui permettre de voir ses invités. Et Christian, exaspéré, caquetait en allemand d'une petite voix aiguë en vidant des verres de chambolle-musigny – la tradition obligeait toujours.

– *Ach ja, so schön, Frau Királyi, ja, ja, ich weiß nicht was soll es bedeuten... Wer reitet so spät... Sag Warum ! Heil Hitler ! Juden raus !*

Manifestement, personne ne faisait attention à lui. Sarah n'avait qu'à coucher avec sa mère, si elle lui plaisait tant.

Christian avait rencontré Sarah lors de l'enregistrement des dialogues d'un dessin animé ; il était enfin parvenu à quitter le monde austère du film institutionnel pour celui, plus ludique, de la fiction de télévision. Ces séances au studio étaient sa récréation, les moments où il pouvait délaisser sa table à tracer, voir des visages nouveaux, découvrir des techniques inconnues, jouer à faire du cinéma avec des êtres réels. Sarah tenait le rôle vocal de la chienne Marie-Laure, boule de poils intrépide et facétieuse qui accumulait les mésaventures dues à sa naïveté de youki des villes en visite à la campagne. Autour d'elle, un homme et une femme interprétaient Paul, le mouton raisonneur, et Mauricette, la chèvre écologiste. Sarah avait une conception schématique de son personnage, tout en stridulations et en effets comiques. Christian aurait penché pour une approche plus sage, si ce n'était réaliste, et ils passèrent la journée à s'opposer, à s'interrompre, à se défier. Le soir, ils dînaient ensemble pour mettre les choses au point ; vers minuit, elle lui concédait qu'il avait décelé sa vérité d'artiste sous son savoir-faire de speakerine tout support ; à deux heures, ils dansaient chez Castel en buvant du gin pur ; à quatre heures trente, ils s'endormirent chez elle après avoir gauchement fait l'amour ; à neuf heures quinze, feignant d'arriver chacun de son côté, ils reprirent les enregistrements sans plus se quereller. Elle stridulait toujours face à l'écran, mais il la laissait faire, assis à la console de mixage, contemplant ses fesses sous le jean moulant, heureux de se dire qu'il les avait vues nues quarante minutes plus tôt.

Un an plus tard, ils avaient conservé leurs appartements respectifs, passaient les nuits chez l'un ou l'autre au gré de la commodité ou de l'envie. L'arrangement autorisait entre eux des périodes d'éloignement qui tempéraient les craintes du vieux célibataire et ranimaient le désir souvent anémique de la jeune femme. Sarah n'était pas fantasque, Christian n'était pas ménager. Malgré son prénom, elle n'était pas juive, ce qui lui attirait la sympathie de Gábor ; il espérait qu'avec le temps elle aurait raison des lubies sémitisantes de son petit frère.

– Allô, Sarah ? Tu ne viendrais pas voir *Shoah* avec moi ? Si on s'y prend bien, on peut se faire le film entier dans la journée.

– Vas-y, toi, moi je préfère aller à la piscine.

Avec ses neuf heures trente de projection, le film de Claude Lanzmann ne faisait pas recette parmi les proches de Christian. Il fallait un postérieur en cuir et un moral d'acier pour entendre ces lancinants témoignages sur la déportation et les camps d'extermination nazis. À l'opposé de *Nuit et Brouillard, Shoah* était la promesse du verbe roi, du triomphe de la parole sur les images toujours manipulables, trop riches d'émotions parasites. Christian était séduit par la démarche de l'auteur, intrigué par ses déclarations dans la presse, fasciné par la dimension du projet. Impatient.

Vers la fin de la première partie, l'historien américain Raul Hillberg donne une explication lapidaire et lumineuse du processus historique qui a conduit à la tragédie : *« Dès les premiers temps, dès le IV<sup>e</sup>, le V<sup>e</sup> et le VI<sup>e</sup> siècle, les missionnaires chrétiens avaient dit aux juifs : "Vous ne pouvez pas vivre parmi nous comme juifs." Les chefs séculiers qui les suivirent dès le haut Moyen Âge décidèrent alors : "Vous ne pouvez plus vivre parmi nous." Enfin les nazis décrétèrent : "Vous ne pouvez plus vivre."»* Pourtant, au cours de la projection, une gêne était montée en Christian, insidieuse. Il trouvait que le réalisateur apparaissait trop souvent à l'image, que les plans répétés de trains circulant sur les voies étaient déjà plus qu'une amorce de mise en scène, que l'engagement de réserve esthétique devant la mémoire des faits n'était pas tenu. Abraham Bomba, rescapé de Treblinka, avait coupé les cheveux des femmes à l'intérieur même de la chambre à gaz un instant avant leur exécution. Au début de la deuxième époque, on le voit, filmé en Israël dans le salon de coiffure où il travaille, répondre aux questions tout en faisant une coupe à un homme, sans doute requis pour l'occasion. Au cours de la séquence, il s'interrompt, à peine capable de parler, s'essuie le visage, s'écarte du fauteuil, cherche sa salive, sombre dans l'abyssale douleur qui ressurgit, l'anéantit. Il veut que le tournage cesse. Lanzmann lui demande de continuer, poliment, mais avec fermeté. Christian reçut cette insistance comme intolérable dans ces circonstances. Le client ne sait plus où se mettre, la caméra filme maintenant en gros plan la tourmente de Bomba, une nouvelle fois persécuté, aux prises avec le démon intérieur de ses souvenirs abjects.

« Continuez, Abe, vous le devez, il le faut.

– Trop affreux...

– Je vous en prie, nous devons le faire, vous le savez.

– Je ne pourrai pas.

– Il le faut. Je sais que c'est très dur, je le sais, pardonnez-moi.

– Ne prolongez pas cela.

– Je vous en prie, continuez. »

Au terme d'un long silence, Abraham Bomba parvient à reprendre le cours de l'interview. L'entretien s'achève vite, comme si, après cela, le réalisateur ne s'y intéressait plus. Christian était consterné. Au nom de quelle cause pouvait-on infliger un tel supplice à un être déjà ravagé ? Pouvait-on sacrifier un homme à un film, à l'information, à l'Histoire ? Le destin de Bomba ne lui appartenait-il pas exclusivement ? Il aurait fallu couper la caméra dès les premiers signes d'incapacité. Et si même on considérait acceptable d'en passer par cette épreuve pour obtenir le témoignage entier, la simple décence commandait de ne pas conserver au montage ce moment insupportable, de ne pas susciter l'émotion par le spectacle de la souffrance plutôt que son évocation, de ne pas confondre l'exhibition des victimes avec la condamnation des criminels. On venait de torturer un juif. « Au nom de tous les cinéastes dignes, au nom de tous les hommes de bien, je vous demande pardon, Abraham Bomba », ne cessait de se répéter Christian en sortant de la salle.

– Allô, Christian, c'est Sarah. Comment c'était, ton film ?

– Pas terrible. Et la piscine ?

Gábor et Christian avaient en commun le projet de l'édition d'un livre pour enfants, écrit et illustré par le petit frère et publié par le grand. Ils étaient rapidement tombés d'accord sur le titre de l'ouvrage : *Les Aventures édifiantes de Super Gypsy et Super Hébreu au pays des gens* racontait les hauts faits de deux héros qui parcouraient le monde à la recherche de Dame Justice. Leur divergence sur le traitement de l'histoire et le style des images était en revanche totale ; à chaque dîner de travail dans la maison de Marnes, ils réveillaient Miklós et Zoltán à coups d'imprécations tonitruantes. Seul le petit Tibor continuait de dormir avec un sourire placide, indifférent aux éclats de voix de papa et tonton. Anne recouchait ses fils tandis qu'on s'engueulait sur les archets magiques et les kippas de combat.

– Je continue de penser, reprenait calmement Gábor, que ton idée d'une – je te cite – « *étoile de David boomerang aux pointes acérées comme des poignards* » n'est pas du meilleur goût et que j'aurai du mal à convaincre un diffuseur de prendre le bouquin si tu ne changes rien.

Christian criait à la censure économique.

– D'autant que l'aquarelle pleine page, où on voit les six branches dégouliner du sang des communistes, me semble carrément trop *gore* pour des mômes de l'âge des miens, ajoutait Gábor en haussant le ton.

Christian hurlait à la mort de l'art. Gábor en appelait au bon sens, au sens des réalités, à la réalité du marché. Plus d'une fois, Christian quitta la maison en claquant la porte.

– S'il était aussi génial que ça, il aurait trouvé quelqu'un d'autre que son frère pour faire éditer son chef-d'œuvre, dit Anne pour réconforter son mari.

– Tu ne comprends rien à son style !

Il jeta sa serviette sur la table et monta dans la chambre, furibard. Anne décrocha le téléphone.

– Décidément, les frères Királyi, on en épouse un, on vit avec les deux, se plaignit-elle à une copine, tandis que Gábor ruminait sur son lit devant la télévision. Et pas un pour racheter l'autre, têtes de lard, sûrs d'eux-mêmes, tu vois ?...

Mais très marrants, au fond.

Elle était lucide, Anne, c'était sa principale qualité. Et cela lui permettait d'être convenablement heureuse.

Gégé, Bernard et Jipé se maintenaient juste derrière Anne et Gábor dans la course au bonheur tranquille. Gégé et Jipé avaient eu chacun une petite fille, qu'ils amenaient souvent jouer avec les petits Királyi dans le jardin de Marnes, pensant comme tous les jeunes parents que les enfants de leurs meilleurs amis seraient les meilleurs amis de leurs enfants. En bons apprentis machos, Miklós et Zoltán méprisaient la compagnie des pisseuses et martyrisaient Mélanie et Agathe au moindre défaut de surveillance des adultes. Frites, brûlures indiennes, ils connaissaient déjà tout l'arsenal de cruauté ordinaire des mouflets. Les petites détestaient la maison et ses deux tortionnaires hypocrites. Elles refusaient de faire la bise à Gábor ou Anne et sautaient de joie au moment de repartir, pour la plus grande gêne de Gégé, Jipé et leurs épouses. Toujours en attente d'un premier bébé, Bernard et sa femme couraient d'un spécialiste à l'autre, multipliaient les analyses, les hypothèses, les fécondations in vitro. Ils se lancèrent dans l'aventure de l'adoption.

Christian faisait tout ce qu'il pouvait pour éviter de devenir père. Il n'avait que peu d'intérêt pour les enfants, ceux de Gábor, entre angélisme et malveillance, suffisaient à l'en convaincre, et la campagne électorale de Sarah dans son entourage commençait à lui peser. Elle avait très bien évalué le soutien dont elle bénéficiait dans la famille ; elle arrêta toute contraception et redevint aguichante. Christian flaira le piège et décida de la quitter. Il était trop lâche pour le lui dire en face, recula l'échéance, devint fuyant. Sans se l'avouer, il cherchait un prétexte, un complice. Pour éviter la confrontation nocturne, il passa quelques soirées avec Philippe à écumer les restaurants hongrois, polonais et russes de Paris, vieux potes en quête du parfum de cet Est légendaire dont ils étaient issus. La solution au problème de Christian s'appelait Macha et parlait français avec l'accent de Leningrad. Il la trouva au Balalaïka, un bistrot où des musiciens jouaient sans entrain le répertoire traditionnel pour égayer le repas de clients déjà ivres. Elle venait tous les soirs s'accouder au bar, pour fuir comme lui un conjoint qui attendait d'elle des engagements impossibles à prendre. Ils crurent tomber amoureux au premier coup d'œil, se virent autant qu'ils purent, s'embrassant en cachette dans les automobiles, noyant leur absence de liberté dans la vodka. Une semaine plus tard, Christian rompait avec Sarah et présentait sa fiancée à sa mère.

– Et vous allez vous marier ?

– Oui, maman.

– Et faire des enfants ?

– Oui, maman.

– Mon Dieu...

## 17

Avec la chute du Mur de Berlin, l'arrivée au pouvoir de Boris Eltsine et l'effondrement de l'Union soviétique, les années 1989 à 1991 furent un délice politique pour Gábor et Christian. Révolution de velours à Prague, libéralisation hongroise et ouverture polonaise, élimination des Ceausescu en Roumanie, ah, si Victor Királyi avait vécu cela... Christian voyait toujours Macha, devenue sa complice en anticommunisme après leur séparation. Leurs fiançailles n'avaient duré que deux mois, le temps pour elle de s'arracher à un amant trop exclusif, le temps pour Christian de se rendre définitivement infréquentable pour Sarah. Ils s'étaient séparés en souriant presque, au grand soulagement des familles. Ils n'avaient fait que se donner le courage mutuel de rompre, très loin d'être ce que chacun avait cru aimer en l'autre. Christian n'était pas le peintre noctambule fiévreux qu'elle avait rencontré en chantant *Les Yeux noirs* au bar russe – il était raide bourré –, elle n'était pas la petite-fille de grand-duc aux états d'âme slave imprévisibles – elle était beurrée grave –, mais une émigrée soviétique dissidente et doctrinaire, aspirant à la stabilité affective et matérielle qui lui permettrait de militer en paix. Ils burent aux Allemands de l'Est libérés, au démantèlement du Rideau de fer, au déboulonnage des statues de Lénine.

S'il était nostalgique de l'aristocratie magyare, Gábor se montrait ultrarépublicain lorsqu'on touchait à la France. Il s'exaspérait du tour monarchique et symboliste qu'avait pris la présidence socialiste. Que ce fût avec la pyramide du Louvre ou les colonnes de Buren, il lui semblait évident que François Mitterrand s'efforçait de laisser sa marque dans les cours des palais royaux que la République avait donnés au peuple deux siècles plus tôt. Gábor attendait les déçus du socialisme au coin du bois de Chaville avec des «Je vous l'avais bien dit» plein sa musette. Sa banque avait échappé aux nationalisations du premier septennat, les affaires étaient florissantes, la vie familiale réglée et les enfants en bonne santé. Dans la cave de la maison de Marnes, cinq mille exemplaires des *Aventures édifiantes* moisissaient en cartons entre des magnums de Chambolle-Musigny et quelques précieuses bouteilles de Domaine de Trévallon. Le livre n'avait pas trouvé de diffuseur et n'avait été distribué qu'à la famille, aux amis et à certains clients, en guise de cadeau d'entreprise. Christian mettait cet échec sur le compte de l'étoile de David musicale à senteur de rose, accessoire édulcoré imposé par un éditeur autoritaire. À considérer les mimiques embarrassées des gens auxquels il l'avait offert, Gábor pensait, sans illusion, que ce bouquin n'intéressait personne. Il n'avait pas pour autant perdu sa foi en le talent de son petit frère, épongeait ses découverts en banque, parfois sans l'alerter – Christian ne tenait pas ses comptes –, diffusait ses toiles auprès de ses accointances professionnelles dans l'espoir de lui créer un réseau de collectionneurs particuliers. Il finit par s'intéresser à la peinture, courut les galeries, souvent désarçonné, quelquefois scandalisé, mais découvrit ainsi un artiste qui satisfaisait naturellement son goût combiné de la figuration et du contemporain, du savoir-faire technique, de la culture et de l'irrévérence. Jacques Brissot réalisait des collages de photographies découpées dans les magazines et rehaussées à l'acrylique, recomposant sur de grands panneaux les triptyques les plus célèbres de Jérôme Bosch, fusion saisissante entre les images de la société consumériste de la fin du siècle et les chimères cryptiques de la fin du Moyen Âge. Son *Jardin des délices V* fut le premier tableau acheté par Gábor à n'être pas de Christian. Et le prétexte d'une engueulade mémorable.

– Comment peux-tu acheter des merdes pareilles ? Du truc, de la combine, de l'illustration, voilà ce que c'est, ton paravent ! Tiens, c'est ça, emporte-le à la plage pour mettre ton maillot de bain, t'auras pas tout perdu !

Christian était d'autant plus jaloux des autres peintres qu'il était lui-même peu productif. Le Brissot l'impressionnait, le renvoyait à ses interrogations sur la forme, la manière et la citation, questions irrésolues de ses recherches velléitaires, auxquelles répondait avec brio un tableau étranger sur le mur de son frère. À chaque repas, Gábor ne manquait pas de placer Christian face au *Jardin*, dont il peinait à détacher son regard, musardant d'un détail surréaliste à un assemblage insolite d'homme et d'objet.

– Alors, mon frère, on rêvasse ?

Christian s'habitua à la présence du rival, se prit à l'aimer, songea même à s'en acheter un. Il tenta d'en faire une imitation, un dimanche de solitude, s'agaça à découper les silhouettes, à les disposer sur un fond coloré, se mit de la colle sur les doigts, les cheveux, s'avoua vaincu devant le résultat navrant. Fait chier, l'artiste !

Depuis quelques années, Christian s'était vu confier la réalisation de séries d'animation, ce qui rassurait Gábor, la responsabilité professionnelle étant, selon lui, le meilleur remède à la frustration artistique. Les aventures du mouton raisonneur connurent un succès qui leur valait de repasser régulièrement à la télévision les mercredis après-midi et de faire la fierté de ses trois filleuls, trop heureux de narguer leurs copains avec des cellulos originaux signés de la main du tonton.

– Ben ouais, je le connais, c'est le frère à mon père.

Gábor s'assurait de son côté la bienveillance de nombreux parents de ses connaissances en leur procurant dessins et autographes pour leurs petits.

– Vous savez qu'il peint aussi ?

Christian était encombré par cette réussite commerciale, si éloignée des encres de Chine désespérées de son adolescence, mais il ne détestait pas répondre à l'admiration des enfants et la curiosité des adultes.

– Toi qui es dans le cinéma, tu peux m'expliquer les trucages de *Terminator* 2 ?

Christian improvisait une réponse, savant tricot de réalité et d'invention, avec la légère condescendance de la vedette internationale restée accessible pour ses admirateurs. Après la galerie et l'édition, il n'avait pas abandonné ses prétentions d'artiste ; il en retardait la mise en œuvre une fois de plus. La télévision devait lui permettre d'étancher une part de sa soif de respectabilité. Son producteur cherchait un réalisateur pour filmer en mouvement des photographies de déportés et des dessins de rescapés des camps de concentration nazis, à insérer dans un programme historique destiné à la jeune chaîne franco-allemande Arte. Il vit dans cette occasion un signe que lui adressait le destin et posa une candidature passionnée. Son enthousiasme compensa son inexpérience ; il abandonna provisoirement chienne, mouton et chèvre pour l'implacable iconographie du génocide. Lors de ses premières recherches, il dut surmonter une série de haut-le-cœur provoqués par l'horreur crue des documents. Après quelques nuits de cauchemars, il s'habitua à la vision quotidienne des cadavres et se laissa submerger sans s'en rendre compte par la sourde puissance des images qu'il rassemblait, choisissait, ordonnait et cadrait avec l'assurance du technicien habile et le soin d'éviter tout voyeurisme – il n'avait pas oublié Abraham Bomba. Il devint fébrile, irascible, obsessionnel.

Le téléphone sonna un jour au studio.

– Allô, Christian ? C'est Franck. Ben dis donc, mon salaud t'es difficile à joindre depuis que t'es une star !

– Pardon ? répondit Christian, le regard posé sur un portrait d'homme have en tenue rayée.

– C'est pour mon neveu. Il adore Paul et Mauricette, et si c'était possible...

C'était possible, oui, un original signé, pour William, oui, sans problème, on dîne ensemble et je te le donne ? Bien sûr.

Franck n'avait pas changé. Même visage, même dégaine, même discours. Il décelait des antisémites partout, soutenait la politique de colonisation de Jérusalem et envisageait toujours de s'y installer. Christian ne supportait pas d'être à chaque fois sommé de prendre position pour ou contre Israël, en tant que juif ou en tant que goy. En tant que juif, il n'était pas sioniste, en tant que goy, il désapprouvait le gouvernement et la spoliation endémique des Palestiniens, et en tant qu'athée européen, il ne voyait pas pourquoi le destin du monde devait se jouer dans un coin du Moyen-Orient.

– Oui, mais depuis la Shoah...

– Ah non, arrête avec ça !

Christian lui avait coupé la parole. La fortune des appellations « Shoah » et « Holocauste » pour désigner le massacre des juifs par les nazis lui était devenue intolérable.

– Holocauste, cela veut dire sacrifice, mon petit Franck.

Pour lui, il n'y avait rien dans l'attitude des victimes qui relevât de l'offrande, rien dans la démarche des bourreaux qui fût destiné à honorer une quelconque puissance divine ; il s'agissait de se débarrasser d'une population entière le plus radicalement possible, d'abord par l'exil puis, le réalisme aidant, par l'élimination physique, comme on fait des blattes et des cafards.

– D'accord, Christian, mais moi, je dis Shoah[1]...

– Justement !

Il lui recoupa la parole. La dénomination du génocide en hébreu, qui tenait pour Christian de l'appropriation du crime par ses survivants, lui suggérait une malsaine légitimation. Il pensait que le seul intitulé incontestable était celui retenu par les nazis, la « solution finale de la question juive », malgré ce qu'il comportait de froid, de mécanique, de cynique, d'inéluctable, de répugnant. C'était aux tueurs d'appeler un massacre un massacre. *Vernichtung* comme disaient les SS. Il avait certes appris, en préparant son film, que des théologiens traditionalistes avaient vu dans la catastrophe la destruction métaphorique d'un Troisième Temple et que certains réformistes, tel le rabbin Ignaz Maybaum, considéraient Hitler comme l'artisan de Dieu pour remodeler le monde par un geste d'anéantissement créatif, dont le peuple juif était la victime sacrificielle. Mais, selon Christian, il y avait trop de religion dans ces exégèses d'un désastre laïque et planifié.

– L'extermination est un problème allemand, pas un problème juif, merde !

Le jeune William Benchetrit aurait droit à un dessin du mouton raisonneur exécuté à la hâte sur la nappe de papier ; Christian venait de déchirer le croquis qu'il lui destinait, emporté par la fougue de sa démonstration.

1. Littéralement « catastrophe » en hébreu.

Tandis que son petit frère s'embourgeoisait dans la télévision culturelle, Gábor dépérissait dans sa banque. À la stupéfaction générale, il démissionna un jour sans consulter frère, mère ou épouse, pour rejoindre Bernard et sa société naissante de communication financière. Un juriste, un économiste, deux créatifs, des graphistes indépendants, et par ici les bénéfices. Jipé serait leur avocat, Gégé gérerait leurs capitaux excédentaires, Christian ferait des illustrations quand il pourrait. La bande se ressoudait avec des enthousiasmes de hussards. Madame Királyi et Anne avaient l'anxiété discrète, se téléphonaient beaucoup, mais le visage réjoui de Gábor de passage tous les dimanches à la campagne, son regain de désir pour son épouse étaient pour chacune des plaisirs retrouvés qui valaient de ne pas entraver sa course à la liberté. Tout était prétexte à retrouvailles, la recherche de locaux, de clients, de collaborateurs. Jipé et Gégé accouraient de leurs bureaux pour les visites, les entretiens de recrutement, Christian passait le soir donner son avis sur le logo, le papier à lettres, la couleur des murs. Ils dînaient en ville, rentraient tard, les femmes faisaient un peu la tête. Seul Christian était libre de profiter sans remarques de ses soirées, égayant parfois son célibat d'effusions avec Françoise, restée solitaire elle aussi, mais toujours câline et souvent disponible, dont il se demandait à chaque nuit de tendresse si elle ne couchait pas avec lui par nostalgie de Gábor.

La société Finanpub s'installa dans des locaux biscornus et sombres, tendus de toile de jute vert olive, dans un secteur peu animé du quinzième arrondissement, entre la Seine et une friche industrielle. Les garçons se répétaient à longueur de journée le prix avantageux de la location pour supporter la morosité du lieu. Leur principe était de tout investir dans le service du client, et de dépenser le moins possible pour leur représentation personnelle. Le jeu consistait à organiser toutes les réunions à l'extérieur, sans jamais laisser deviner une quelconque gêne à recevoir les annonceurs. Gábor faisait jouer toutes les relations qu'il avait nouées au cours de ses années de banque. Le marché était plus fermé qu'il ne l'avait escompté, les décideurs plus hésitants, l'accueil variable selon les satisfactions ou les rancœurs inexprimées dans leurs échanges antérieurs. Afin de se constituer un dossier de prospection convaincant, ils dépensèrent plus pour leurs premières campagnes qu'ils ne pouvaient facturer. Au bout d'un an, pour tenter de sortir de leur stagnation, Bernard et Gábor finirent par retapisser les murs du bureau avant d'y organiser une soirée promotionnelle, achevèrent de dilapider leur capital en annonces dans la presse spécialisée, puis cessèrent de se verser leurs salaires. Trop fier pour envisager un dépôt de bilan, Gábor décida d'investir ses économies pour renflouer la trésorerie. Bernard était très embarrassé par son offre ; Gábor exigea son silence.

Six mois plus tard, la société Finanbub fut mise en liquidation judiciaire. Gábor était ruiné, et personne n'en savait rien. Il donna rendez-vous à Christian dans un grand restaurant pour lui exposer sa situation en confidence. Il allait se refaire, il ne retournerait pas à la banque, vaincu et penaud. Il accepterait des petits boulots en cachette, ne reculerait devant aucune tâche pourvu qu'elle ne fût pas trop exposée. Il remonterait une entreprise, la sienne, il la dirigerait à sa façon, agressivement, sans concessions. Il n'en voulait à personne, surtout pas à Bernard. L'amitié avait un prix élevé, il était normal de payer de temps à autre. Ils commandèrent un Chambolle-Musigny Les Charmes du domaine des Chézeaux ; on coulait, mais en beauté. Gábor demanda à Christian de l'aider.

– Tu as la procuration sur mon compte. Sers-toi.

Ils burent une deuxième bouteille du même cru, joyeux d'être frères.

# 18

Christian entra dans la chambre et aperçut la silhouette massive de Gábor, éclairé à contre-jour par la lumière de service de la cour, tassé au pied du lit depuis le départ de Zoé, tremblant, nu. Il avait pleuré pendant des heures, ses yeux brûlaient du manque de larmes. Christian se laissa glisser auprès de lui et prit sa poitrine musclée dans ses bras maigres. Le petit frère berça le grand, lui caressa la tête, enfouie dans le creux de son épaule, se mit à lui parler de la voix douce de leur mère lorsqu'ils avaient peur.

– On va s'en sortir, Super Gypsy... Super Gypsy s'en sort toujours... Après Finanpub, tu t'es bien recollé les morceaux tout seul... Et tu étais complètement cassé, tu as oublié... J'aurais pas misé deux balles sur ta tronche... Tu es de nouveau plus riche que moi, mon salaud... Alors, tu vois bien que rien n'est jamais foutu... Allez, Gypsy boy, on les aura. Allez, pleure pour les filles, il n'y que ça qui en vaille la peine...

Gábor se calmait, il frissonnait moins, reniflait. Christian voulut lui chercher un mouchoir. Il le retint.

– Parle encore, Super Hébreu...

– On aura chialé notre part sur les nanas dans notre vie, hein Gábor ? Tu te souviens ?... Tiens, Maggie, ton Amerloque. Tu n'étais pas très frais quand tu es rentré de New York...

Gábor s'essuya le nez.

– Et on en a fait pleurer quelques-unes aussi.

Il y eut un silence. Christian était à court de consolations.

– Tu veux que je te raconte une histoire ? Alors, c'est un juif et un goy...

– Tu fais chier avec tes conneries.

– Ah ! Je vois que ça va déjà mieux.

Gábor consentit à se lever, enfila un peignoir. Christian lui fit couler un bain, lui apporta de quoi se moucher. Et tandis que son frère achevait de s'apaiser dans l'eau, il téléphona à Anne.

– Ce n'est rien, un coup de fatigue. Je crois qu'il vaut mieux qu'il ne conduise pas. Ne t'inquiète pas. Je te le renvoie demain.

Elle raccrocha avec un flegme inattendu. Pour une fois les phrases de Christian ne sonnaient pas comme un alibi. Il s'était passé quelque chose d'inhabituel. La rivale inconnue, dont elle avait depuis des mois deviné l'emprise sur Gábor et qu'elle avait craint de démasquer par peur de le perdre, venait-elle de lui laisser son mari ? Elle se coucha avec un espoir et une sérénité ravivés. Elle reprendrait Gábor dans n'importe quel état, sans rien dire ; elle l'aimait encore ; elle l'aimait follement ; et tant pis s'il ne le savait pas.

Gábor reprit sa place d'époux et de père, s'occupa beaucoup de ses enfants qu'il avait tant délaissés, se montra patient et affectueux avec Anne, assidu au bureau, disponible pour Gégé, Bernard et Jipé, rassurés de le voir revenir dans son rang et son âge. Au bout de quelques semaines, il rendrait à Christian la clé de son appartement, lui signifiant ainsi qu'il avait définitivement renoncé à Zoé.

Christian n'avait pas revu Pauline. Il hésitait à l'appeler, tant se mêlaient les souvenirs de leur étreinte et de l'interview de sa mère. En lisant le texte, il s'étonna de ne lui avoir presque pas posé de questions sur la situation militaire de son père avant sa déportation tardive vers la Sibérie, en 1944. Était-ce le signe d'un malaise devant un sujet qu'il n'avait jamais su aborder avec lui ? Obéissait-il à l'injonction muette que sa mère lui avait faite en Tchécoslovaquie, trente ans auparavant ? Y avait-il quelque chose à dissimuler, à taire ? Par son lieu de naissance et contre son ascendance, Victor Királyi s'était retrouvé humilié sous l'uniforme dans le mauvais camp – la Hongrie était entrée aux côtés du Reich dans la guerre contre l'Union soviétique. Il s'y était débattu comme il avait pu, et restait meurtri par son parcours ; il aurait voulu être un héros pour ses fils. Gábor avait sa version de l'histoire, racontée par le père lui-même, qui comportait une participation à la résistance et une incarcération en Slovaquie. Exclu de leur connivence, Christian n'avait entendu ce récit que rapporté par son frère, sans précisions géographiques ou chronologiques. Trouverait-il le courage d'interroger de nouveau sa mère ?

Il se plongea dans la lecture des transcriptions en remettant la décision à plus tard. Il n'avait aucun besoin de son micro pour trouver prétexte à contacter Pauline.

*M*[me] *Királyi : Après, il s'est passé des mois pendant lesquels on m'a annoncé : quelqu'un est revenu de ce camp-là, quelqu'un de ce camp-là. Je courais derrière tout le monde pour avoir des nouvelles de mes parents : rien, rien, rien. Pas de nouvelles ni rien. Je passais mon temps avec ça. Un cauchemar. Je ne voulais pas m'en aller de la maison. J'étais persuadée, j'espérais toujours, il devait se passer quelque chose...*

*Christian : Votre maison était libre, tu étais dedans ?*

*M*[me] *K. : Dans les chambres de bonne. Le château n'avait plus de fenêtres. Tout était arraché. Oui, il n'y avait personne qui l'occupait,* [elle rit], *mais il était inoccupable ! Dans les chambres de bonne, il y avait encore des fenêtres, donc on est allé chercher de la paille, on a mis un tissu par terre sur la paille, et ça faisait des lits... On a petit à petit compris ce qu'étaient les camps, où ils étaient, on a appris aussi qu'on a tué beaucoup de monde. Des Gitans sont revenus. Je les ai visités. Il y en avait qui avaient vu maman, il y en avait qui n'avaient aucune idée, ni rien, et un beau jour j'ai reçu une petite lettre, à la fin de l'été, où une jeune femme m'écrivait : « J'étais avec ta mère jusqu'aux derniers jours de sa vie, si tu peux venir à Komárom – elle donnait son adresse et tout – je te raconterai tout. » Alors je me suis mise en route. Komárom était en Hongrie. De nouveau, il fallait tricher, je n'avais pas de passeport, je n'avais rien. Il fallait dire que j'habite à Komárom, et que j'aie un laissez-passer qu'on achetait pour une fortune.*

*C. : Donc tu vas à Komárom.*

*M^me^ K. : Après je marche à Komárom avec un plan, en me disant que je finirai par trouver où elle habite, cette bonne femme. Je ne l'ai pas prévenue que je venais. Tout à coup, quelqu'un me prend par le bras et me dit : « Ah c'est toi, Alix ! » Je me retourne, une femme inconnue me dit : « C'est moi qui t'ai écrit. » « Ah ? », je dis… « Ta maman avait ta photo dans sa chaussure, sous une semelle. Tous les soirs elle la regardait. Je te reconnais à 100 %. » Elle m'a même dit comment j'étais habillée sur la photo. C'était pas de la triche, elle était avec ma maman. Alors elle m'a dit que maman a lutté, lutté pour survivre, qu'elle lui a raconté qu'elle était avec papa à Komárom, et qu'au moment où on a voulu les mettre dans les trains, on les a tous groupés sur le quai de la gare et on a annoncé : « Embarquement à droite, à gauche », en appelant les noms des familles et tout. On a appelé le nom de mon papa, le baron. Ça lui plaisait beaucoup au chef. Il a dit : « Vous n'êtes pas juif, vous pouvez rentrer à la maison. » Mais papa a demandé : « Et ma femme ? » « Ah votre femme elle va partir ! » Alors papa a dit : « Je la quitte pas. » « Bon, si vous voulez. » Et c'est comme ça que papa est parti. Ils sont encore allés ensemble jusqu'à la porte du train et là, on les a séparés. Ils se sont encore vus dans le couloir ou dans les chiottes ou quelque chose. Après on les a séparés de nouveau, ils se sont jamais revus. Ils sont allés chacun dans un autre wagon, dans un autre camp. Ils n'étaient pas du tout à proximité l'un de l'autre.*

Christian interrompit sa lecture. Il se souvenait de l'incapacité avouée de sa mère à admettre la disparition de ses parents, à l'accepter comme un fait, une donnée objective. Elle n'avait jamais supporté la moindre image des camps ; voilà pourquoi Christian s'était senti coupable de voir *Nuit et Brouillard*. Elle refusait de connaître les détails de leur captivité, de leur mort. Bien sûr, ils ne pouvaient plus être en vie – son père en tout cas –, c'était arithmétique ; bien sûr, elle avait entendu le récit de cette rescapée à Komárom. Cependant, elle se disait que ce n'était qu'un témoignage, elle ne pouvait s'empêcher de les imaginer errant entre l'Allemagne, la Pologne et la Slovaquie, frappés d'amnésie par l'épreuve de leur déportation, miséreux et séniles – sa mère en tout cas. « Maman était beaucoup plus jeune que papa, tu sais ? » Elle avait bien essayé de regarder le film de Christian à la télévision, mais avait vite renoncé. Les dessins des survivants lui étaient plus insupportables encore que les photographies. « Maman faisait de l'aquarelle, elle aurait pu dessiner tout ça. » Et voilà qu'était sortie *La Liste de Schindler* de Steven Spielberg. Madame Királyi, attirée par les affiches, interrogea Christian d'une petite voix :

– Tu crois que je peux voir ça ?

– Oui, tu devrais.

Elle se rendit seule au cinéma, un soir à Beauvais, chancelante mais déterminée à affronter ses fantômes. Elle lutta jusqu'à la fin de la séance mais tint bon. En sortant de la salle, elle s'arrêta dans le premier café ouvert sur sa route pour téléphoner à Christian. Elle lui demanda de l'aider à savoir comment avaient fini ses parents. La mise en scène, le jeu des acteurs, les codes familiers de la fiction allaient permettre à une orpheline de soixante et onze ans d'achever son deuil, n'en déplût à Claude Lanzmann, qui se scandalisait publiquement du traitement hollywoodien du génocide. Christian se rendit chez sa mère avec une pile de livres et de documents rassemblés pour son film. Ils étudièrent le destin funeste des victimes camp par camp.

*Mme K. : Ma mère était à ici... en dessous de Stuttgart.*

*C. : À Ravensbrück ?*
*Mme K. : À Ravensbrück, et elle, tu sais cette dame ?*

*C. : Elle disait quoi cette dame ?*
*Mme K. : Elle a dit que maman mangeait n'importe quelle merde, parce qu'on lui avait dit : « Si tu ne manges pas, tu ne peux pas survivre. » Elle voulait survivre, elle a tout fait pour survivre, mais la diarrhée l'a emportée... Elle est morte, morte... La femme avait un petit rôle dans le camp, elle a volé un peu de nourriture pour maman... Mais comme ils n'avaient rien, aucun médicament...*

*C. : Donc elle n'a pas été gazée non plus.*
*Mme K. : Non, elle n'a pas été gazée... Mais enfin, ils sont tous les deux dans les fosses communes, s'il y en a, des fosses. Il n'y a pas de trace d'où ils sont enterrés. Ils ne sont pas passés par la chambre à gaz. Papa était à Flossenbürg. Flossenbürg est tout à fait à la frontière Allemagne-Tchécoslovaquie. Et, selon ton livre, dans ce camp, il n'y avait pas de chambre à gaz. Il paraît qu'on l'a tellement battu dans la mine parce qu'il ne travaillait pas assez vite, il n'avait pas la force de travailler dans une mine à cinquante ans pour la première fois de sa vie... Il a beaucoup souffert...*

*C. : De toute façon, c'est une nuance théorique de dire : tu meurs dans une chambre à gaz ou d'un geste d'extermination direct, ou tu meurs d'un coup de pioche dans une mine, ou tu meurs parce que tu n'as plus rien à bouffer à Ravensbrück, ou tu meurs d'être déporté. Tu meurs parce que tu es juif, ça revient au même.*

*M^me^ K. : Non, moi ça ne m'est pas égal, excuse-moi, si elle est passée dans la chambre à gaz ou non...*

*C. : Parce que ?*

*M^me^ K. : Parce que je ne sais pas si elle n'aurait pas encore en plus réalisé que voilà, maintenant on est dans la chambre à gaz, ou je ne sais pas... Maman a lutté comme quelqu'un qui se meurt. Est-ce qu'ils auraient moins souffert s'ils étaient passés par la chambre à gaz ? Je pense qu'elle, elle a lutté pour survivre, pour revoir papa, elle est morte comme quelqu'un qui a un cancer et ne peut pas survivre...*

*C. : Dans un camp.*

*M^me^ K. : Dans un camp, et à cause du camp, car ils étaient parfaitement conscients qu'on est en train de les...*

*Fin de cassette.*

– Allô, Pauline ? C'est Christian.

# 19

Gábor s'était refait. En beauté, comme il avait coulé. Nuits de poker, grands crus et restaurants étoilés, rien ne manqua à l'agenda de la prospérité retrouvée. En compagnie de son frère, Christian ne put jamais plus payer la moindre addition, la moindre caisse de vin commandée ensemble. L'aîné avait la carte de crédit greffée au bout du bras, réglait tout avant et pour tout le monde. Il avait la revanche partageuse avec ses proches. Ils furent pris d'une fringale de spectacle, retournèrent aux concerts de rock and roll. Eric Clapton, Mark Knopfler, ils répondirent à l'appel de tous les guitaristes. Debout dans la fosse avec les fans irréductibles, Gábor se tenait droit, impeccable dans son costume de financier émérite, hochant la tête au rythme de la grosse caisse, luttant contre une douleur au dos de plus en plus handicapante. Près de lui, en jeans et perfecto anachronique, Christian s'efforçait lui aussi de rester jeune. Il prenait en général un billet supplémentaire dans l'espoir d'entraîner une femme à conquérir, et avait le plus grand mal à le revendre dans la rue quand, invariablement, l'invitée se décommandait au dernier moment. Anne affirmait craindre la foule et préférer garder les enfants. Papa et tonton achetaient des tee-shirts hideux pour Miklós, Zoltán et Tibor, qui ignoraient tout de Neil Young et préféraient le rap, la house et la techno. Ils finissaient la soirée chez Bofinger avec des huîtres et du pouilly-fumé. C'est après un concert de Santana qu'une femme reconnut les frères Királyi à une table voisine. Elle aussi soupait après le concert.

– Christian, salut !

– Brigitte ? C'est incroyable !

– Et vous, c'est ?

– Gábor, mon frère, intervint Christian.

– Je sais bien que c'est ton frère, d'ailleurs vous vous ressemblez beaucoup. J'avais juste oublié votre nom, pardon. Bonsoir Gábor.

– Prenez un verre avec nous, Brigitte.

– Je dis au revoir à mes amis et je vous rejoins.

« Ça, c'est Paris ! » se dit Christian qui avait déjà trop bu. Gábor se rappela la poitrine de Brigitte adolescente, lorsqu'elle faisait partie des copines de ciné-club de son frère. Il regardait depuis toujours les seins de toutes les femmes, n'oubliait jamais les plus spectaculaires, les associait éternellement à un visage, et se demandait si, vingt-cinq ans plus tard, ceux de Brigitte tenaient encore tout seuls, comme dans son souvenir de tunique indienne transparente, et ainsi que le suggérait ce soir-là la courbe arrogante de son chemisier. On parla musique, on jura de se revoir après tout ce temps, Christian et Brigitte échangèrent leurs numéros de téléphone et elle appela le surlendemain.

Pour sacrifier à la nostalgie de leurs années de lycée, ils se donnèrent rendez-vous chez Livio, le restaurant italien de Neuilly où, à la suite de leurs parents, ils avaient tous fait leurs premiers repas d'adultes, et que certains anciens copains continuaient de fréquenter avec leurs gamins. La salle s'était agrandie, mais le décor avait à peine changé. Eux avaient pris des rides qu'ils oublièrent un moment, semblant reprendre une conversation interrompue la veille. L'absence d'enfants, les amours ratées, les aspirations déçues gâtaient tout de même une part de l'illusion.

– Dis-moi, tu peins toujours ?

– Pas assez. Et toi, tu écris ?

– De plus en plus, mais personne ne veut m'éditer.

– Pourquoi, c'est si nul que ça ?

Elle sourit, bonne fille.

– Le sujet, sans doute. Trop spécifique. Une histoire de ma famille pendant la déportation, une étude sur les juifs assimilés, entre 42 et 44. Pas folichon.

– C'est juif, Crémieux ?

Décidément, il ferait bien de se documenter.

– Bien sûr, tu ne savais pas ?

Il ne savait jamais. Baron, Biton, Bonfils, Bressan, Cassin, Canetti, Castro, Cerf, Colonne, Crespin, Diamant, Garçon, Gascon, Justo, Lapidus, Lassale, Lebel, Major, Marciano, Marcus, Massena, Radin, Rousseau, Roy, Senior, Sultan, Valentin, Vidal[1], pouvaient être des noms juifs. Brigitte s'était passionnée pour la judaïté, devenue le sujet exclusif de ses œuvres perpétuellement

1. D'après Beth Hatefutsoh, musée de la diaspora, *Guide des patronymes juifs*, Solin, Actes Sud, Arles, 1996.

inédites, l'objet de ses combats incessants. Christian la regardait s'animer devant les croisillons verts et blancs qui recouvraient les murs, pensa qu'ils n'étaient pas en réel danger, ni elle ni lui, préféra se taire. Pour Brigitte, la clarté de ses origines était une chance ; tout comme Franck, elle savait où se situer, dans l'accueil comme dans le rejet. Tiraillé entre la kippa et l'aube de communiant, Christian avait passé sa vie à se méfier, des juifs comme des antisémites.

Elle voulait boire un dernier verre.

– Chez toi, c'est pas très loin.

– Bon, dit-il, mais je te préviens, j'ai un film à visionner impérativement ce soir.

– Qu'est-ce que c'est ?

– Tu vas rire...

Christian était devenu un spécialiste audiovisuel des camps de concentration. Son premier film de dessins et photographies de déportés, tout de sobriété et de retenue, lui avait valu des commentaires bienveillants dans la presse culturelle et la commande récente d'un cinquante-deux minutes sur les bandes d'actualités dans le cinéma depuis la guerre. La cassette de *Génocide*, commenté par Elizabeth Taylor et Orson Welles attendait, debout sur la télévision, curiosité en cinémascope de 1981, à comparer avec *Nuit et Brouillard*, son sobre prédécesseur européen.

– Super, dit Brigitte, en s'installant sur le canapé.

Ils regardèrent l'heure et demie de documents sans un mot. Christian songea qu'il s'était habitué à la contemplation de ces images, qu'il reconnaissait la plupart des plans d'archives, qu'il en savait la provenance, les références dans les catalogues, parfois le prix. Brigitte y ressourçait sa rage, sa compassion, ses raisons d'écrire. Vers le milieu du film, elle lui prit la main. À la fin, elle lui dit : « J'ai envie d'un baiser », sans détourner les yeux de l'écran noir. Il se pencha vers elle et répondit doucement à sa demande. Elle s'agrippa à son cou, l'embrassa avec urgence. Il allait lui faire l'amour, là, sur le divan ; elle préférait sa chambre.

– Il me faut du confort, de l'obscurité.

Ils boitillèrent jusqu'au lit, empêtrés dans leurs pantalons à moitié baissés, se déshabillèrent en se tournant le dos, se jetèrent l'un sur l'autre. Il n'avait pas eu le temps de voir ses seins dans le contre-jour. Il eut l'impression d'être un personnage de Woody Allen. Pizza, solution finale et galipette : la soirée parfaite. Ce fut bref et fort. Elle le serra à lui faire mal. Hurla. Ils retombèrent, pantelants.

– Ça me fait toujours ça, dit-elle.

– L'amour ou les camps ?

– Les deux, répondit-elle sans rire.

Elle lui faisait peur, il évita de la revoir. Sacré film, Woody.

– Alors, ses nibards ?

– Je ne les ai pas bien vus, mais au toucher, c'est dur comme un ballon de foot.

– Génial ! Tu vas enfin te caser ?

– Gábor, les nibards ne sont pas une raison suffisante pour se marier. La preuve, Anne.

Une fois de plus, il l'avait peiné sans le vouloir. Gábor ne releva pas.

– Et donc, tu ne veux toujours pas te poser ?

– Gábor…

Il espérait toujours transmettre son modèle de bonheur à son petit frère. Christian partageait déjà ses copains d'enfance, il avait abandonné à son exemple les sodas, les hot-dogs et le haschich pour les grands vins, la gastronomie et les havanes, troqué son studio exigu contre un appartement décent ; pourquoi refusait-il encore de se marier et de donner des cousins à ses neveux ?

– Parce que je n'aime pas les enfants, en général. J'aime certains enfants que je connais, il y en a d'autres que je connais et que je n'aime pas. Parce que je me sens incapable de faire mieux que nos parents qui, eux-mêmes, n'ont pas réussi à nous élever correctement.

Parce que s'ils étaient proches, ils n'étaient pas semblables. Christian avait souvent songé qu'à deux, ils feraient un homme convenable. Gábor voyait en lui le poursuivant des rêves qu'il avait sacrifiés à sa carrière financière, il était resté artiste, malgré le cinéma industriel, les dessins animés niaiseux, la solennité compassée de ses documentaires sur la déportation. Christian continuerait de peindre, pas assez, mais toujours, tandis que Gábor ne ferait plus que des photos de famille, anniversaire après anniversaire, avec des appareils de plus en plus onéreux et perfectionnés.

– Le zoom ouvre à 2.8.

– Génial…

En protégeant Christian, Gábor s'appropriait une part de sa révolte, de son entêtement, de sa liberté. En le poussant à se ranger, il espérait dissiper ses propres doutes sur son métier, son couple, l'éducation de ses fils. Christian, qui avait tant combattu son père, acceptait sans réticence la chaleureuse tutelle de son frère, par lui porté, stimulé, admiré, légitimé. À deux, ils faisaient un homme convenable.

Christian était un oncle gâteau, un parrain qui distribuait les cadeaux en rafale, attendri et désarçonné par le manque de rugosité de Miklós, Zoltán et Tibor, leur gentillesse apparente, leur absence de conflits territoriaux, de jalousie, de disputes ; personne n'avait mis à jour leur cruauté envers les fillettes de Gégé et Jipé. Leur obéissance, leur peu de penchant pour l'insolence ou la fronde l'ébahissaient. Avec un père pareil ? Gábor avait fait des enfants modèles ! Ils seraient polytechniciens, fiancés dès leur premier rallye, mariés dans l'année, éternellement fidèles et exemplaires, catholiques, charitables, chiants. Christian considéra de son devoir de les dévoyer un brin. Il n'avait pas oublié sa promesse sacrilège au baptême de Miklós, « Je lui apprendrai surtout à boire, à fumer et à parler aux filles », qu'il s'était répétée intérieurement lors de ceux de Zoltán et Tibor. Il était encore tôt pour le tabac et l'alcool, mais Miklós avait l'âge du premier flirt et des conversations entre hommes. Une complicité de sales gosses s'établit entre eux, le tonton ricaneur qui aimait les jeux vidéo et un môme préservé de la dureté du monde par les murs de son jardin, auquel Christian raconta la véritable jeunesse de son père, avec nanas, bitures et déconnages.

– Mais, chut ! Je ne t'ai rien dit.

Miklós répéta tout à ses frères médusés. Sans qu'il sût pourquoi, Gábor devint un héros pour ses fils.

Pour les vacances de la Toussaint, Gábor décida, avec Anne, d'emmener les enfants sur les terres légendaires d'où étaient venus, il y avait bien longtemps, leur mamie campagnarde qu'ils aimaient tant et ce grand-père mort trop tôt, dont ils ne connaissaient que la photographie encadrée dans les salons de toutes les résidences Király. Il proposa à Christian de les accompagner, mais celui-ci n'était pas libre. Il s'était engagé aux mêmes dates auprès de Philippe pour un voyage à Tel-Aviv et Jérusalem en qualité de deuxième accompagnant de sa femme, lors d'un congrès de pédopsychiatres. Il leur avait fallu plusieurs jours pour se décider, réticents l'un comme l'autre à se rendre en Israël, insatisfaits du partage des terres et nettement indisposés par l'attitude du gouvernement dans la gestion du conflit. Pour se contraindre à profiter de l'occasion, ils avaient tout de suite payé le prix entier de leurs voyages, qui n'étaient ni bon marché ni remboursables. Faite à deux vieux potes, égaux en ignorance de la judaïcité et en réserve à l'égard du sionisme, la visite les mettrait moins mal à l'aise.

Guides touristiques en main, téléphone avec sa mère à l'oreille, Gábor préparait son séjour en révisant l'histoire familiale.

# 20

Comme n'importe quel voyageur, le pédopsychiatre est parfois, dans les aéroports, très démuni face à la réalité du monde. Les participants au congrès s'étaient enfin retrouvés dans une salle d'embarquement vers 22 heures, pépiant d'excitation, étonnés de tout. En groupe, les adultes s'infantilisent ; à l'écart, Christian et Philippe observaient la troupe se congratuler, s'échanger des nouvelles, se faire des niches, rire trop fort. Des agents de la compagnie aérienne israélienne procédaient à des interrogatoires de tous les passagers, avant d'examiner le contenu des bagages, valise par valise, sac par sac. Jeune, plutôt jolie, un accent prononcé, parlant un français efficace d'un ton égal, une femme portant un badge officiel regardait Christian dans les yeux en tournant les pages de son passeport.

– Pourquoi allez-vous en Israël ?

– Tourisme, j'accompagne des amis.

– Est-ce la première fois que vous allez en Israël ?

– Oui, la première.

– Connaissez-vous des gens en Israël ?

– Non, personne.

– Pourquoi allez-vous en Israël ?

– Tourisme, je vous l'ai déjà dit.

– Est-ce vous qui avez fait vos valises vous-même ?

– Oui, qui d'autre ?

Et sans se démonter, elle reprit ses questions insistantes, dans l'ordre et le désordre.

– Connaissez-vous des gens en Israël ?

– Non, encore une fois, personne.

– Est-ce la première fois que vous allez en Israël ?

– Comment faut-il vous le dire ?

Christian tenta le sourire, la blague, l'agacement. En vain. Elle était là pour déstabiliser et démasquer les terroristes putatifs ; un attentat sanglant à un arrêt de bus de Tel-Aviv la semaine précédente avait sans doute renforcé les procédures. Les souvenirs de sa traversée du Rideau de fer avec sa mère en 1965 lui remontaient par bouffées. Israël terre d'accueil, ça attaquait très fort.

– Pourquoi allez-vous en Israël ?

Elle lui rendit son passeport et l'abandonna entre deux questions, passant à une praticienne alsacienne joviale, ronde et sonore. Avec la tension provoquée par les interrogatoires, le bourdonnement des conversations était devenu babil.

L'avion décolla dans la nuit avec deux heures de retard. « Raisons de sécurité », leur annonça-t-on sans donner de détails. Rassurant. Christian était exaspéré, Philippe à bout de nerfs et son épouse Catherine inquiète de les avoir entraînés dans ce voyage. Les confrères papotaient comme des bambins partant en colonie de vacances, certains firent « Ah ! » à l'arrivée des plateaux-repas. Il était minuit passé, ils mangèrent pour passer le temps. Poulet reconstitué, jambon de dinde et terrine.

– Elle est à quoi, la terrine ?

– Va savoir...

Les lois alimentaires judaïques interdisant le mélange de la viande et des produits laitiers, la crème dessert était synthétique sur El Al.

– Dégueulasse, hein ?

– Immonde.

Ils tentèrent de dormir, sans résultat. Ils avaient passé le point de non-retour, ils volaient vers Israël, ils avaient un peu peur. Ils parlèrent de leurs pères. L'un et l'autre avaient émigré de leurs pays d'origine avec des visas pour la Palestine, qu'ils avaient délibérément omis d'utiliser, une fois hors de leurs frontières, pour rejoindre la France. Des hommes de la diaspora.

L'avion se posa à l'aube. L'aéroport international Ben Gourion était pauvret, béton et baies vitrées, des palmiers au loin, derrière des long-courriers rosis par le soleil levant. Une température douce accueillit les congressistes frissonnant du manque de sommeil. Les vérifications douanières furent simples, voire sommaires. Où était passée la rigueur des contrôles parisiens avant le départ ? Christian eut l'image d'une double frontière séparant Israël des autres États, dont le premier rempart s'élevait à l'étranger dans toutes les salles d'embarquement du monde. Un pays en guerre, il connaissait la chanson. On les invita à monter dans un autocar où une guide les accueillit avec des salves de « *Shalom* ! », qu'elle traduisait avec le même enthousiasme pour chaque nouvelle grappe de voyageurs.

– Cela veut dire « paix » !

Elle fit un discours à l'ensemble des passagers lorsqu'ils furent installés. Il y était question de bienvenue, des beautés des paysages, du récent traité avec la Jordanie – cette année 1994 était « le temps de *Shalom* » –, de la légitimité des positions adoptées par Israël à l'égard de ses contradicteurs. Personne n'en demandait tant.

– Ce n'est plus du chauvinisme, c'est de la rage, dit Philippe.

– Qu'elle nous parle de l'hôtel, du petit-déjeuner ou de la météo ! On s'en fout de ses convictions, on a faim et pas assez dormi, renchérit Christian.

Ils étaient d'une méfiance qui virait à la mauvaise foi.

– On doit l'obliger à dire ça, tempéra Catherine.

Ils ignoraient tous les trois que, sur les instances de son employeur, la guide avait modéré le patriotisme de son allocution.

On les déposa au kibboutz-hôtel, à Netanya, petite ville sur la côte au nord de Tel-Aviv où se tenait le congrès et où ils logeraient la moitié du séjour.

– Israël est très petit, vous verrez, répétait la guide avec un sourire mécanique.

Les pédopsychiatres eurent à peine le temps de s'installer dans leurs chambres qu'on les pria d'assister à la première conférence. Philippe et Christian louèrent une voiture et se lancèrent sur les routes, bardés de cartes et de recommandations de prudence. Ils roulèrent au hasard sous le soleil aveuglant, à travers des paysages arides. Dans leur imaginaire européen, les juifs portaient des toques de fourrure et dansaient dans la neige entre deux pogroms. À chaque arrêt de bus, des militaires en uniforme veillaient sur des hommes en short, des femmes en robes légères et des personnes au costume plus arabe. Les panneaux indiquaient Nazareth, Jérusalem, Tibériade, avec des kilométrages tous inférieurs à cent. Christian pensa à ses années de catéchisme, il était à Jésusland.

Ils visitèrent Meggido, amas de pierre indéchiffrable sans la maquette située à l'entrée du site, gravirent la route en lacets jusqu'au sommet du mont Thabor, où une basilique franciscaine et une église orthodoxe commémoraient la Transfiguration du Christ. Ils s'arrêtèrent partout, ne restèrent nulle part, à la fois déçus et soulagés de ne pas trouver de réponse aux questions qu'ils s'étaient posées à Paris. Toutes les conversations qu'ils avaient pu avoir avec des Israéliens de passage en France avaient été interrompues unilatéralement par un « Vous n'êtes pas allé en Israël, vous ne pouvez pas comprendre, vous ne pouvez pas en parler », qui ne tolérait aucune contradiction de bon sens, comme le recours à la documentation, l'analyse, ou les vertus de la distanciation. Maintenant, ils y étaient, touristes intimidés, et Israël leur filait entre les doigts.

Ils rejoignirent leur groupe pour une soirée à Tel-Aviv. Miami du Moyen-Orient, la ville était blanche et récente, d'architecture composite et internationale, métropole méditerranéenne aux artères nommées King Saul, King George, Jaffa Road, Ben Yehuda, mais aussi Arlozoroff, Jabotinsky, Frischmann, Dizengoff, Katznelson, avec l'odeur de la mer voisine. Restaurant yéménite de luxe, visite du vieux Jaffa, les congressistes furent trimballés d'endroit sûr en endroit sûr ; tout était calme, organisé, bienséant. Catherine aux deux maris, comme l'avait déjà surnommée la pétulante Alsacienne, ressentait le trouble de ses accompagnants, mais donnait joliment le change à ses confrères. Le surlendemain, ils seraient à Jérusalem.

Gábor avait roulé vite et rallié Prague le premier soir. La frontière avait été aisée à franchir, le réseau routier tchèque s'était amélioré, la capitale était devenue occidentale, les marques internationales commençaient de proposer leurs produits aux touristes de toutes provenances. L'hôtel était confortable et sans surprise. Comme les petits enfants qui, à Noël, jouent avec l'emballage plutôt que le cadeau, Miklós, Zoltán et Tibor s'amusèrent avec les sels de bain et le nécessaire de couture trouvés dans les chambres et se firent prier pour aller dîner dans la vieille ville. Le lendemain, éclairés par les lectures d'Anne dans le *Guide bleu,* l'horloge astronomique eut le même succès que toujours, et les récits de défenestrations au château suscitèrent l'enthousiasme des garçons. Gábor abandonna le projet de la visite du cimetière juif pour foncer vers la Slovaquie.

Ils passèrent avec quelques tracas la douane

entre les deux États récemment séparés et arrivèrent à destination à la nuit tombée. Bratislava était morne, renfermée, éteinte ; l'économie chancelante freinait le commerce privé et la pénétration des grandes enseignes. L'hôtellerie était de qualité bien inférieure à celle de la veille. Gábor commençait à faire admettre ses souvenirs austères des Républiques populaires à une femme et des enfants qui n'avaient trouvé dans les quartiers à touristes de Prague que peu de différence de niveau de vie avec la France. L'exotisme ne résidait plus seulement dans les monuments historiques et la langue inconnue qu'on parlait autour d'eux. La geste anticommuniste prenait corps.

Il faisait gris, les garçons se disputaient la caméra vidéo, Anne lisait la carte du mieux qu'elle pouvait, Gábor avait son père au cœur et conduisait lentement, incapable de se concentrer sur les indications d'itinéraire. Chacun avait sa manière de prononcer le slovaque et Gábor manqua un embranchement, puis un autre, avant de s'arrêter, excédé, pour consulter le plan lui-même. Il décida de ne pas rechercher le bâtiment où son père avait été prisonnier, la caserne où il avait été cantonné, le quai d'où il était parti pour l'Ukraine, avant la Sibérie. Il aurait eu le plus grand mal à les retrouver, sa mère ne se souvenait plus des noms de villages, confondait les appellations hongroises et slovaques. Il n'était intéressé que par les vestiges glorieux de l'histoire familiale, évocateurs de temps idylliques où aristocrates et paysans vivaient dans une harmonie agreste apaisante et librement consentie. Il voulait montrer à sa femme et ses fils le palais dont ils avaient été dépossédés et qu'en secret il imaginait réclamer bientôt au nouveau gouvernement.

Après plusieurs détours, ils parvinrent au village de sa mère, stationnèrent à l'entrée de la rue principale et la remontèrent en marchant en ligne, maladroits, repérables, comme Gábor, Christian et leurs parents le jour de Pâques 1965. Derrière la grille, la grande demeure avait encore perdu de son attrait. Des réparations sommaires sur la façade et la toiture, un ajout de béton à l'aile sud vers le parc, achevaient de défigurer ce qui n'était plus un château que dans les rêves de Gábor et la nostalgie de la fille unique de feu le baron Miklós. Gábor proposa de sonner pour demander à visiter l'intérieur. Ni Anne ni ses fils ne tenaient à voir des enfants handicapés mentaux entassés dans un bâtiment mal entretenu. Ils renoncèrent et repartirent vers la voiture. Il n'y avait pas de soleil, aucun cordonnier ne tomba en arrêt devant Zoltán qui, selon madame Királyi, ressemblait pourtant de façon saisissante à son arrière-grand-père, personne ne les invita à déjeuner. Les garçons ne se disputaient même plus la caméra. Gábor insista pour se rendre au cimetière. La plaque de marbre avait disparu de la sépulture vide de ses grands-parents. Revigoré par la partition de la Tchécoslovaquie, le nationalisme slovaque rural rejetait les Hongrois, même morts, même absents. Gábor ferait reposer une dalle gravée, quoi qu'il en coûtât.

Le car roulait vers Jérusalem. Après deux jours de débats et conférences, les pédopsychiatres étaient impatients de faire un peu de tourisme. La guide avait désormais un prénom, Chava, et racontait sans respirer la guerre israélo-arabe de 48-49, enrichissant sa narration d'explications stratégiques et de précisions militaires qui contrastaient avec sa petite trentaine. Philippe et Christian ne l'entendaient plus, portés par l'espérance d'une révélation symbolique, d'une clarification de leur judéité infirme, par la quête d'une appartenance enfin mutuellement acceptée. Le car contourna les murailles de la vieille ville, puis s'arrêta en double file devant la porte de Jaffa, libérant ses passagers dans un tumulte d'avertisseurs et de cris d'automobilistes en retard. Chava avait une autorité naturelle doublée d'une pratique quotidienne des groupes. Les cinquante congressistes la suivirent docilement, firent cercle autour d'elle, l'écoutèrent comme des écoliers.

– Nous allons visiter une partie du vieux Jérusalem. Il faut rester groupés pour la sécurité, ne pas me perdre de vue, car nous n'avons pas le temps d'attendre les retardataires ou de les rechercher dans les ruelles. C'est comme un labyrinthe, ici, quand on ne connaît pas.

Les conversations, la veille au kibboutz-hôtel, outre les attentats-suicides d'octobre, avaient toutes porté sur des agressions de touristes occidentaux à l'arme blanche, commises récemment dans les venelles couvertes du quartier chrétien. On n'était à l'abri nulle part. Chaque visage, chaque costume arabisant croisé dans la foule, suggérait le danger,

1. Voie piétonne couverte, artère commerciale principale du quartier juif de la vieille ville.

la peur, la méfiance, le repli. Le préjugé s'insinuait parmi les voyageurs à la vitesse d'une rumeur boursière. L'Alsacienne, toujours plus enjouée que les autres, posait question sur question, souriait à tous les passants, sans distinction de sexe, de génération ou de communauté supposée. Chava lui faisait les gros yeux, qu'elle faisait mine de ne pas remarquer. Christian et Philippe encadraient Catherine, dérisoires gardes du corps, mais mari aimant et ami fidèle. Ils suivirent la Via Dolorosa, visitèrent le Saint Sépulcre ; les congressistes, catholiques pour la plupart, étaient fascinés par l'imbrication des chapelles, le voisinage des communautés religieuses et leur gestion partagée de l'église, la rivalité des chants des divers rites, le mélange des odeurs d'encens dans la lumière funèbre ; Christian et Philippe regardaient leurs montres avec une discrétion décroissante, ils ne s'étaient pas résolus à ce voyage pour traînasser sur le tombeau du Christ. Ils traversèrent ensuite le quartier juif, incapables de s'intéresser à la restauration du Cardo (1), incarnation de la modernité retrouvée et de la tradition urbaine... Chava était intarissable et le jour tombait. Ils arrivèrent enfin au bout de la rue Tiferet et découvrirent en contrebas le mur des Lamentations et sa vaste esplanade. Au-dessus de la foule oscillante des hommes en noir, le dôme du Rocher finissait de briller dans la lumière violette du crépuscule ; l'appel du muezzin partageait la tiédeur de l'air avec le bourdonnement des juifs en prière. Et la voix pointue de Chava.

– Voilà, c'est le Mur. Pour ceux qui veulent y aller, je vous attends ici, vous avez dix minutes.

– Comment, dix minutes ?

Christian avait rugi.

– J'irai à l'hôtel en taxi, à pied, je m'en fous, je reste le temps qu'il faut, et si je me fais égorger en rentrant, au moins je saurai pourquoi !

Catherine intervint auprès de la jeune guide empourprée pour lui dire que ce n'était pas grave, que son ami était juste agacé par la répartition des visites dans le programme, qu'il n'avait rien contre elle, qu'il attendait ce moment depuis longtemps, qu'ils se débrouilleraient tous les trois. Philippe se fit expliquer le trajet de retour, tant de rues à gauche, tant à droite, attention, là, ne vous trompez pas, vous entreriez dans le quartier musulman.

L'incident était clos, ils descendirent. Sur le côté, une fraction du Mur était réservée aux femmes, isolées par une barrière de bois. La partie principale grouillait d'hommes de tous âges, psalmodiant, balançant le buste d'avant en arrière, touchant la paroi de leur front, de leurs mains, de leurs lèvres, glissant des papiers porteurs de vœux dans les interstices, circulant sans but apparent, le visage extasié. On n'y accédait que coiffé de son couvre-chef personnel ou d'une kippa de carton mise à disposition à l'entrée de l'enclos. Philippe et Christian se séparèrent, se perdirent dans la foule pieuse. Si Dieu voulait se manifester, c'était le moment. Christian attendit, intimidé par le bruissement des prières, les mines fermées, les barbes et les papillotes, la foi irréductible autour de lui. Juif ou chrétien, Dieu resta coi, comme toujours. Philippe s'approcha et lui demanda à voix basse du papier et de quoi écrire. Christian se dit qu'il laisserait volontiers un message dans le Mur, lui aussi. Il écrivit: « Pour que Brigitte trouve un éditeur », arracha la page de son agenda, la plia en quatre et l'inséra entre deux pierres. En se dirigeant vers la sortie, ils furent accrochés par un vieillard illuminé qui leur proposa de prier pour leur famille à un tarif avantageux. Ils déclinèrent, saturés de religion pour un bout de temps. Ils retrouvèrent Catherine. Elle n'avait pas osé s'approcher du Mur, trop catholique, trop peu croyante, trop goy.

Ils partirent en direction de l'hôtel, à travers le dédale de la vieille ville. Philippe guidait, comptant les rues, indiquant « à droite » ou « à gauche » au dernier moment d'un étrange ton de confidence, comme s'il avait voulu briser une filature. Il s'arrêta soudain à un croisement.

– Je ne sais plus.

– Comment, tu ne sais plus ?

– Je ne sais plus si elle a dit troisième ou quatrième à gauche.

– Alors ?

– Alors, rien.

– T'aurais pas pu noter ?

– J'avais pas de quoi écrire.

– Con. T'avais qu'à demander, comme au Mur.

– Je n'y ai pas pensé.

– Mais quel con !

– Calmez-vous, les garçons. Philippe, essaie de te rappeler.

Plus il fouillait sa mémoire, moins le souvenir était net. Et Christian s'affolait, ce qui n'aidait pas à la concentration.

– Alors, simplement parce que tu es incapable

de me demander un crayon, on va se retrouver en pleine nuit au beau milieu du secteur arabe, comme des provocateurs, et là-bas, je te prie de croire qu'ils ne se poseront pas longtemps la question de savoir si on est juifs ou pas !

– Christian, arrête, dit encore Catherine.

Ils se regardèrent un instant sans parler. La panique endommageait l'amitié.

– Allez, troisième...

– Tu es sûr ?

– Tu fais chier !

En chemin, Catherine reconnut une boutique où elle avait aperçu des chaussures qui lui plaisaient. Ils avaient évité le quartier musulman, c'était bien la troisième ruelle qu'il fallait prendre, ils étaient sauvés. Ils étaient en retard pour le dîner, on leur demanda de raconter leur aventure. Christian se haïssait d'avoir eu si peur, d'avoir cédé à cette méfiance anti-Arabe qui suintait partout dans les conversations, les commentaires, et corrompait toute pensée, depuis leur arrivée de Paris. Des confrères israéliens s'étaient joints aux pédopsychiatres, chantaient les hauts faits civilisateurs du pays, vitupéraient la paresse et la jalousie palestiniennes. On était arrivé sur une terre à l'abandon, on avait fait fleurir le désert, on avait accordé la nationalité à qui la voulait, mais les autres avaient répondu par la guerre, avides de s'approprier les bénéfices d'une construction à laquelle ils n'avaient aucunement contribué, jurant de jeter les juifs à la mer. Christian connaissait ces théories pour les avoir entendues ressassées par Franck. Le partage des terres entre les peuples avait été inégal, il suffisait de regarder la carte du projet de répartition de 1947 pour s'en convaincre. Il opposa à ses convives que, certes, il était impossible de créer un État sans spolier une population ou une autre, mais que l'élément déclencheur de la résolution 181 des Nations unies qui avait décidé de la création d'Israël étant la culpabilité internationale devant la révélation du génocide, il eût été normal d'expulser les tortionnaires allemands plutôt que des Arabes qui n'y étaient pour rien, et donc d'établir le foyer national juif imaginé par Herzl en Bavière, avec Munich pour capitale. Sa sortie laissa ses interlocuteurs bouche bée. Il n'était pas mécontent de lui.

– Cette terre est la nôtre, dont nous avons été chassés il y a deux mille ans. Nous avons l'antériorité sur les Palestiniens, qui ne sont pas les héritiers des Philistins, comme on le dit parfois, mais des populations arabes qui ont occupé la région après la destruction du Second Temple et la dispersion des juifs dans le monde.

– Ça, vous le savez mieux que moi.

Christian perdait pied, l'autre était trop habitué à débattre, pratiquait sa version de l'histoire avec maestria et autorité.

– Ce que je veux vous dire, enchaîna Philippe, c'est que si pratiquement tous les Israéliens sont juifs, tous les juifs ne sont pas Israéliens, et que moi, tenez, je suis juif mais pas sioniste. Je ne me sens pas plus concerné par le sort d'Israël que par n'importe quel autre destin national.

Et toc ! Merci, Philippe.

– En tout cas, reprit Christian requinqué, si c'est l'ancienneté qui fonde la légitimité, je suggère aux millions de juifs américains qui soutiennent Israël de montrer l'exemple en rendant Manhattan, Brooklyn et le Bronx aux Indiens.

– Aux Algonquins, pour être précis, compléta Philippe. À la différence de ce qui se passe ici, leur antériorité est incontestable.

– Mais Dieu veut qu'Israël existe.

– Ah, évidemment, si vous êtes en contact avec Dieu, je ne peux pas lutter. Le souci, c'est qu'on ne l'a pas beaucoup vu, en Europe, il y a cinquante ans, Dieu, et pourtant, je ne crois pas qu'il souhaite tant que ça qu'on foute des Palestiniens derrière des barbelés pour se faire pardonner son absence. Remarquez, il est toujours avec tout le monde, Dieu ! *Gott mit uns, In God we trust*, à vous de jouer, général Custer, cette prairie est pour l'homme blanc ! *Go West, young man* !

Il s'était levé, entraîné par sa colère démesurée, perçut les soixante regards posés sur lui, ajouta « Ce que ma famille a subi ne vous donne aucun droit » dans un silence complet, puis quitta la salle de restaurant, tiraillé entre la honte et le soulagement. Catherine et Philippe firent des sourires gênés au reste de l'assistance avant de s'excuser eux aussi.

Budapest ! Le Danube, les ponts, le Parlement, la colline du château, la citadelle d'où avait été déboulonnée la statue du Soldat soviétique, les façades nettoyées de leurs étoiles rouges. L'enthousiasme de Gábor était communicatif. Hôtel Gellért, la famille Királyi descend. Penchés sur un plan de ville, ils choisirent d'aller aux bains Széchenyi, puis au musée national de Hongrie, où étaient présentés, dans une pénombre qui attise la ferveur nationaliste, l'épée rituelle, le sceptre, le manteau de sacre et la couronne à la croix penchée du roi Szent István.

– Pourquoi elle est penchée, la croix ? demanda Miklós.

– On ne sait pas très bien, il y a plusieurs légendes à ce sujet, répondit Gábor en tournant les pages de son guide. On dit par exemple qu'elle a été dissimulée dans un coffre trop petit et qu'elle s'est tordue sous le couvercle.

– Pourquoi on ne la redresse pas ? demanda Zoltán.

– J'ai faim, dit Tibor.

Ils déjeunèrent dans une auberge en sous-sol près de l'église Mátyás, les garçons trouvèrent le *pörkölt* moins bon que celui d'Anne, Gábor préférait celui de sa mère, comme ses fils. Il leur restait du temps mais Gábor décida de ne pas visiter la grande synagogue et le musée juif dans la maison natale de Theodor Herzl. Le soir, ils dîneraient dans le même restaurant que trente ans auparavant, devenu privé, rénové et cité dans les dépliants.

Ils s'habillèrent pour sortir, Gábor faisait tout comme son père. La salle avait changé, la décoration très volontaire répétait des motifs floraux folkloriques sur tous les murs, éclaboussant l'ensemble du rouge et du vert nationaux. Le *primás* brillantiné, superbe en blouse à larges manches, gilet brodé, pantalon fuseau et bottes rouges, ne prêta aucune attention à leur arrivée, occupé à jouer *L'Alouette* avec des grimaces créatives pour un couple de Suédois amoureux. L'incarnation de Super Gypsy. Son prédécesseur avait pris sa retraite ou était mort. Gábor regretta l'absence de son frère. Avait-il rencontré Super Hébreu à Jérusalem ? Le vin était meilleur qu'autrefois, les plats cuisinés avec du paprika doux pour ne pas incommoder le voyageur ordinaire, le répertoire de l'orchestre simplifié ; Gábor reconnut sans être capable de les nommer les douze plages du vieux disque de son père. Les musiciens s'approchèrent enfin. Faute de pouvoir leur demander de jouer des morceaux précis, Gábor avait décidé de les retenir. Une liasse de billets de dix dollars roulés dans sa poche, qu'il glissa un à un dans les ouïes du violon, lui permit de les garder une bonne heure à sa table, pour le plus grand dépit des autres clients, tout aussi ignorants que lui des titres de chansons, mais beaucoup plus avares de pourboires. Il but beaucoup, fit mine de chanter, ne parvint pas à suivre la mélodie. Miklós et Zoltán étaient au bord du fou rire, Anne leur faisait les gros yeux, Tibor s'endormait sur sa chaise. Les parents déposèrent les enfants à l'hôtel, sous la responsabilité de l'aîné, ils souhaitaient prendre un dernier verre avant de se coucher. Les garçons se précipitèrent, l'un sur la télévision, l'autre sur ses cassettes de rap, le troisième tout habillé sur son lit.

La boîte de nuit recommandée par le concierge aurait pu se trouver dans n'importe quelle grande ville, lampes clignotantes, sonorisation assourdissante, banquettes et tables basses, boissons hors de prix. La salle était principalement occupée par des jeunes femmes en quête de rencontres rapides et tarifées, qui dansaient, machinales, en lançant des coups d'œil spéculatifs sur les hommes seuls. La musique s'arrêta, la lumière changea, une poursuite aveuglante accompagna une fille typée d'à peine vingt ans au centre de la piste qui s'était vidée. Elle se mit à se tortiller au son d'un vieux tube disco, fit tomber sa jupe, son chemisier, fut rapidement nue. Une main gantée de blanc poussa un petit guéridon vers elle, sur lequel étincelait un énorme godemiché noir et or. Elle le saisit d'un geste lascif et commença de le promener sur son corps. Anne et Gábor se regardèrent. Qu'était devenue la Hongrie éternelle qu'avait tant racontée Victor Királyi à son fils ? Elle n'avait pas résisté au communisme, qui l'avait laissée inculte et matérialiste à la merci de l'Occident, nouvelle frontière de la pornographie, où la nostalgie de la gloire passée ne servait qu'à attirer les visiteurs. Ils restèrent pourtant jusqu'au bout du numéro, à contempler l'accessoire pénétrant la jeune fille par tous les orifices possibles, embarrassés de la proximité du spectacle, côte à côte, sage couple marié entouré de putes et de touristes sexuels. Ils firent l'amour dans leur chambre du Gellért, pour une fois depuis des mois. Anne tomba enceinte mais n'en dit rien à Gábor. Elle avorta fin décembre en prétextant des courses de Noël. Elle ne se voyait pas élever, après ses trois fils, un tardillon condamné à se prénommer Attila.

Le groupe considérait Christian avec méfiance. Des collègues avaient fait des remontrances à Catherine sur l'attitude de son deuxième accompagnant. Seule l'Alsacienne lui avait souri lors de son apparition au petit-déjeuner, mais elle souriait à tout le monde. Au programme, ce matin-là, visite de Yad Vashem, le Mémorial des martyrs et héros de l'Holocauste, créé en 1953 par le Parlement israélien. Hall du Souvenir avec flamme éternelle et noms des vingt-deux principaux camps, Mémorial des enfants creusé dans une grotte, où brûlent des bougies reflétées par un jeu de miroirs tandis qu'une voix enregistrée décline les noms, les âges au moment de la mort et le camp où ils ont péri, avenue des Justes parmi les nations qui ont risqué leur vie pour sauver des juifs, bordée de milliers d'arbres plantés en témoignage de gratitude, Musée historique, musée d'Art, et même la tombe d'Oskar Schindler, l'homme de la liste, le menu était copieux pour toute personne en mal de commémoration. Christian s'attarda dans le Hall des noms, où des fiches d'identité aident à tirer les victimes de l'anonymat. Les « Pages de témoignage » comportent nom et prénom, date de naissance, adresse avant la guerre, profession, nom des parents et conjoints, date et lieu de la mort, et procurent ainsi à chaque disparu une sépulture virtuelle et honorée. Les additions à la liste sont les bienvenues, les membres des familles, amis ou voisins sont engagés à faire inscrire leurs défunts. Le gigantesque fichier était en cours d'informatisation et la consultation difficile d'accès. Dans la file d'attente, Christian fut frappé de l'inexistence de ses grands-parents paternels dans sa mémoire. Le baron et madame avaient leur tombe vide en Slovaquie, alors qu'eux, les juifs normaux, non convertis, normalement déportés et normalement exterminés, avaient disparu du discours, symboles pesants de la haine de soi qui avait rongé son père toute sa vie. Et sans doute, ils n'étaient pas inscrits à Yad Vashem non plus. Il ramassa deux formulaires et rejoignit Philippe et Catherine qui l'attendaient au soleil.

Il avait ressassé l'incident de la veille toute la nuit, voulait en parler mais craignait de se laisser emporter de nouveau. Il avait compris d'où lui venait son malaise, son hostilité à l'endroit du sionisme advenu. Tout résidait dans la loi du retour, qui garantit la citoyenneté à n'importe quel immigrant juif d'où qu'il vienne. Il serait donc vertueux d'être juif ? Les critères de judéité définis par l'État pour bénéficier de cette loi étaient les critères antisémites inversés, et faisaient, selon lui, d'Israël un état racial, si ce n'était raciste.

– Ne m'en veuillez pas, je rentre à Paris ce soir.

# 21

Pauline et Christian faisaient l'amour debout dans l'entrée du deux-pièces, appuyés contre le mur entre l'interphone et le tableau électrique. Ils s'étaient emparés l'un de l'autre dès son arrivée sans même une salutation ; elle l'avait attendu derrière la porte depuis son appel. Lorsque le téléphone portable se mit à vibrer dans la poche de chemise de Christian entre leurs deux poitrines, ils accueillirent cette stimulation supplémentaire avec un gémissement amusé. Une heure plus tard, allongés nus dans le lit de Pauline, ils n'entendirent pas la nouvelle vibration de l'appareil enfoui dans leurs vêtements jetés en boule sur le sol.

– Tu as de la chance d'être juif, dit-elle.

– De la chance ? C'est nouveau, ça. Pourquoi de la chance ?

– Parce que c'est intéressant, ça te rattache à une culture très ancienne, et puis je trouve ça romantique.

– Dans ma famille, cette chance, on s'en serait bien passé. La culture, on ne l'a pas. Et pour ce qui est du romantisme, comment te dire...

Il préféra l'embrasser. Même s'il lui plaisait

pour des raisons fantaisistes, Christian n'allait pas bouder le plaisir d'être dans ses bras. Il y avait des années qu'une femme ne l'avait à ce point ému.

La dernière à lui faire autant d'effet s'appelait Saïda, longue, mystérieuse et d'origine marocaine, rencontrée un soir lors d'un dîner chez des confrères cinéastes sentencieux. La conversation avait roulé sur la subjectivité et la tentation de la mise en scène dans le documentaire. Christian avait fait son numéro bien rodé sur *Shoah,* s'était accroché avec un conseiller de programmes d'Arte, libérant une belle colère qui ne le quittait pas depuis son retour d'Israël. Il en avait cassé ses lunettes. Elle avait aimé ses yeux clairs.

– Les lunettes, je m'en fous. La seule chose que je regrette, c'est de ne plus vous voir assez bien, Saïda.

À l'heure de rentrer, elle proposa de le remplacer au volant de sa voiture. Elle l'emmena chez elle, en banlieue. Elle donnait des cours d'alphabétisation dans un collège et traduisait des dialogues de films pour une société de sous-titrage. Après les Américaines, la Russe et une Polonaise, les amours de Christian s'offraient un nouveau métissage.

Ils se virent pendant quelques mois. Il était bouleversé par sa peau, son parfum, le noir de ses yeux, les boucles de sa chevelure. En couchant avec une Arabe, il cherchait sans se l'avouer à se défaire d'une diffuse culpabilité rapportée de Jérusalem. Saïda s'en rendit compte à sa fascination suspecte pour tout ce qui touchait à ses racines maghrébines, langue, musique, religion.

– Laisse tomber le Coran. Ce n'est pas moi que tu aimes, Christian, c'est une Palestinienne de Gaza, une Bédouine du Néguev, une victime du sionisme que tu sauverais chaque jour par ta générosité et ton ouverture. Je ne suis aucune de ces femmes et tu n'es pas Israélien. Tu ne faisais pas très bien l'amour mais tu étais drôle. Je te regretterai.

Il ne sut jamais qu'elle avait remanié la vieille blague avec laquelle il prenait des bides depuis des années, et qu'elle faisait rire tout le 93 en remplaçant les Juifs par les Arabes et les coiffeurs par les cyclistes.

Une fois rhabillé, Christian consulta sa messagerie. Il blêmit.

– Un problème ? demanda Pauline, toute à lui.

– Mon frère a eu un malaise cardiaque. Il est à Foch, à Suresnes.

– Je t'accompagne.

– Non, Pauline, je ne préfère pas.

Il dévala les escaliers vers sa voiture en oubliant de l'embrasser. La circulation était très dense, l'hôpital semblait au bout du monde. Il tenta d'appeler Anne, mais elle ne répondait pas. Il ignorait si leur mère était au courant, et s'abstint de lui parler avant d'être mieux informé. Ses yeux s'emplirent de larmes. Il composa le numéro de Pauline. Un agent de police toqua contre la vitre avant.

– Vous ne savez pas qu'il est interdit de téléphoner en conduisant ?

– C'est mon frère... Il est à l'hôpital... Ça ne roule pas... Je...

– Excusez-moi, je ne pouvais pas deviner. Allez, faites ça discrètement.

– Merci, monsieur l'agent.

Il devait faire pitié.

– Pardon, Pauline, je suis parti très vite, je te rappelle tout à l'heure.

Il raccrocha. Anne, maintenant. Elle était toujours sur répondeur. La rue était bloquée. Il se mit à pleuvoir.

« Je veux mourir avant mon frère. » Cela venait de le frapper comme une évidence. Il ne supporterait pas de vivre sans Gábor, dans un monde où Gábor ne serait pas.

La touche verte, deux fois. « Bonjour, vous êtes bien sur la boîte vocale d'Anne Királyi... » La rouge, une fois. « Merde, Anne, réponds ! » La verte, deux fois...

« Je suis seul, moi, qu'est-ce que je vais devenir ? » Il était en train de perdre ses moyens. Il en oubliait ses neveux, sa mère, sa belle-sœur. « Je sais, mais moi, ce n'est pas pareil. » Il parlait à haute voix dans la voiture, s'essuyait les yeux pour conduire. Qui allait veiller sur lui ? Et lui, s'était-il bien occupé de son frère ? Il se rappela ce concert de Paul McCartney. Ils avaient acheté deux billets de trop. Gábor avait invité un ancien collègue, juste pour ne pas être obligé de les revendre sur le trottoir. Le mec était venu avec sa fille pour lui faire connaître la musique des Beatles.

– Je vous présente Zoé.

Il avait tout de suite senti qu'il se passait quelque chose d'anormal, de dangereux, mais il n'avait rien dit. Aurait-il dû s'en mêler ? Si Gábor était malade aujourd'hui, c'était de chagrin du départ de Zoé ; il aurait pu empêcher tout cela ; Gábor l'avait bien mis en garde contre Zosia, la Polonaise, qui se flattait de fréquenter un réalisateur et guignait un titre de séjour définitif. Mais non, Christian n'avait rien dit, il était même devenu son complice. Il l'avait aidé à s'enfoncer dans l'irréparable, c'était sa faute, il n'aurait que ce qu'il méritait.

« Je veux mourir avant mon frère ! » Ça commençait à rouler un tout petit peu moins mal. Il réessaya de joindre Anne, tant pis pour les flics, il repleurerait facilement. Elle décrocha.

– Allô, c'est Christian ! Comment va-t-il ?

– Ne t'inquiète pas, tout va bien.

– Comment c'est arrivé ?

Bip, bip, la batterie était vide, la communication coupée. « Je l'ai toujours su que c'était une merde, ce téléphone. » Elle avait dit « Tout va bien », il l'avait entendu distinctement. « Tout va bien. » La pluie redoubla. « Si tout va bien, c'est que tout va bien, il avance, ce con ? Oh, tu bouges ton cul, connard ? » Il pleurait de nouveau, mais c'était de soulagement.

Il arriva à l'hôpital Foch une heure et demie plus tard, se gara n'importe comment et fonça vers la réception sous un déluge. Il monta à l'étage, ruisselant et hors d'haleine, tomba dans les bras d'Anne qui l'attendait, sans pouvoir lui dire un mot. Ce fut elle qui parla. Elle était très calme.

– Il a fait un petit infarctus, ce n'est pas anormal à son âge avec la vie qu'il mène. Il s'est cassé une côte en tombant. Le cardiologue a dit qu'il faudra qu'il fasse un peu attention, c'est tout.

Bon, je te laisse, il t'attend. Moi, il faut que je m'occupe des enfants.

– Ils savent ?

– Je leur dirai demain.

– Et ma mère ?

– Je crois que Gábor préfère l'avertir lui-même.

Il lui caressa la joue. Il aimait bien Anne, depuis le début. Il la regarda s'éloigner dans le couloir avant de pousser la porte de la chambre. Vêtu de la chemise réglementaire, Gábor était adossé à de larges oreillers, les bras écartés, une perfusion de glucosé posée au poignet, un oxymètre sur l'index de la main gauche, plusieurs électrodes collées sur le torse et reliées à un système de monitoring qui épiait en permanence son rythme cardiaque.

– Salut, Super Gypsy. Alors comme ça, on nous fait une petite fatigue ?

– T'as vu ta gueule, Super Youpin ? T'as pas l'air très frais non plus.

Il se pencha pour l'embrasser.

– Fais gaffe à mes durites.

L'eau de pluie goutta sur sa poitrine.

– Mais c'est qu'il me coule dessus, ce débile !

– Oh, pardon.

Christian s'assit sur le fauteuil près du lit, trempé. Ils se sourirent, calmement, longtemps.

– Il paraît qu'il va falloir que tu te surveilles.

– Oui, question pinard, surtout.

– On boira moins, mais on ne boira que du bon.

– Du très bon.

– Du grand.

Ils se laissèrent aller à rêver à leur prochaine bouteille.

– Y en a ras le bol du Chambolle, de toute façon, dit Gábor.

– Complètement ras-le-bol.

Ils n'osaient pas parler de la peur qu'ils avaient eue, chacun de son côté, qui les avait exténués et les laissait comme hébétés. Ils se refusaient à envisager les conséquences réelles de cette alerte sur la vie professionnelle de Gábor, sur ses relations avec Anne et les enfants, ses promenades dans la forêt, ses soirées avec Gégé, Bernard et Jipé, ses parties de chasse, ses tournois au cercle.

– Il faudra lever le pied sur le rock and roll, dit Christian.

– C'est vrai, il y a ça aussi... On va se mettre à la musique de chambre.

Ils se perdirent dans le silence. Les images de leur enfance se bousculaient dans leurs deux têtes.

– Tu le sais toi, pourquoi je m'appelle Christian ?

– Papa me l'avait dit un jour : une précaution de plus.

– Ah.

– Tu voudrais changer ?

– Con.

– Je peux téléphoner ?

– Ne te gêne pas.

Christian s'assit prudemment sur le bord du lit, tournant le dos à Gábor, appela Pauline et lui parla à voix très basse, très douce, comme un homme amoureux trop timide pour exprimer ses sentiments en public. Oui, Gábor allait bien, Christian reviendrait la voir juste après, oui, elle lui manquait... Plus fort ? « Oui, tu me manques... » Il raccrocha, ne se releva pas.

– Elle s'appelle Pauline. Elle te plaira. Elle est un quart hongroise.

– C'est bien. Mais tu n'es pas obligé, tu sais ?

Christian examina le visage de Gábor. Sa peau était terreuse, plus ridée que d'habitude, il avait vieilli dans l'après-midi. Il sentit les larmes lui remonter aux yeux, tenta de les essuyer discrètement, renifla.

– Je veux mourir avant toi, Gábor.

Le grand frère fit « non » de la tête.

– Il va falloir t'accrocher, petit. Pour l'instant, c'est moi qui mène, largement.

– On est devenus vieux, Gábor.

Il fit de nouveau « non » de la tête. Christian l'embrassa sur le front. Gábor referma ses bras sur lui. Il se moquait d'être mouillé. Ils restèrent un moment enlacés. Christian se redressa, se racla la gorge.

– C'est un juif et un goy qui sont au restaurant, et le juif est inquiet parce que l'antisémitisme revient... Tu la connais ?

Gábor soupira.

– Non, je ne crois pas. Continue.

– Alors, il dit comme ça qu'il va quitter le pays, qu'on ne l'aura pas comme ses parents, qu'il va partir loin et sans attendre. Alors le goy lui dit que c'est inutile, qu'on est en France, que c'est une démocratie, et tout ça. Tu es vraiment sûr que tu ne la connais pas ?

– Absolument. Continue.

– Alors le juif lui dit : « Si demain tu apprenais que le Parlement envisage de supprimer le droit de vote aux juifs et aux coiffeurs, qu'est-ce que tu dirais ? » Le goy demande : « Pourquoi les coiffeurs ? » Alors, le juif lui dit : « Eh bien, c'est pour ça que je pars ! »

Gábor éclata de rire mais fut tout de suite interrompu par une douleur au flanc.

– Arrête, ça fait mal quand je me marre.

*En mémoire de Berta et Győző Nemes,*
*Eva et Jenö von Weisz-Horstenstein,*
*mes grands-parents*


## Köszönöm[1]

Merci à ma mère
d'avoir répondu à mes questions,
merci à mes frères d'avoir supporté
mes interrogations incessantes,
merci à Christophe Magny
pour son compagnonnage inlassable,
merci à Kristina Varady
pour sa recherche et
sa documentation inestimables,
merci à Sandra et Thierry Djan
pour leurs informations, leurs conseils
et leur bienveillance,
merci à Odile et Bernard Starck
d'avoir partagé leurs souvenirs de voyage,
merci à Brigitte Peskine
de m'avoir mis en chemin,
merci à Alena Galard
de m'avoir raconté la Bohème.


1. Merci en hongrois.

Achevé d'imprimer
sur les presses de l'imprimerie
Offset 5
en juin 2023

9, avenue de la résistance
93100 Montreuil
EAN
9791097567255